石川 透 編

室町物語影印叢刊13

住吉物語

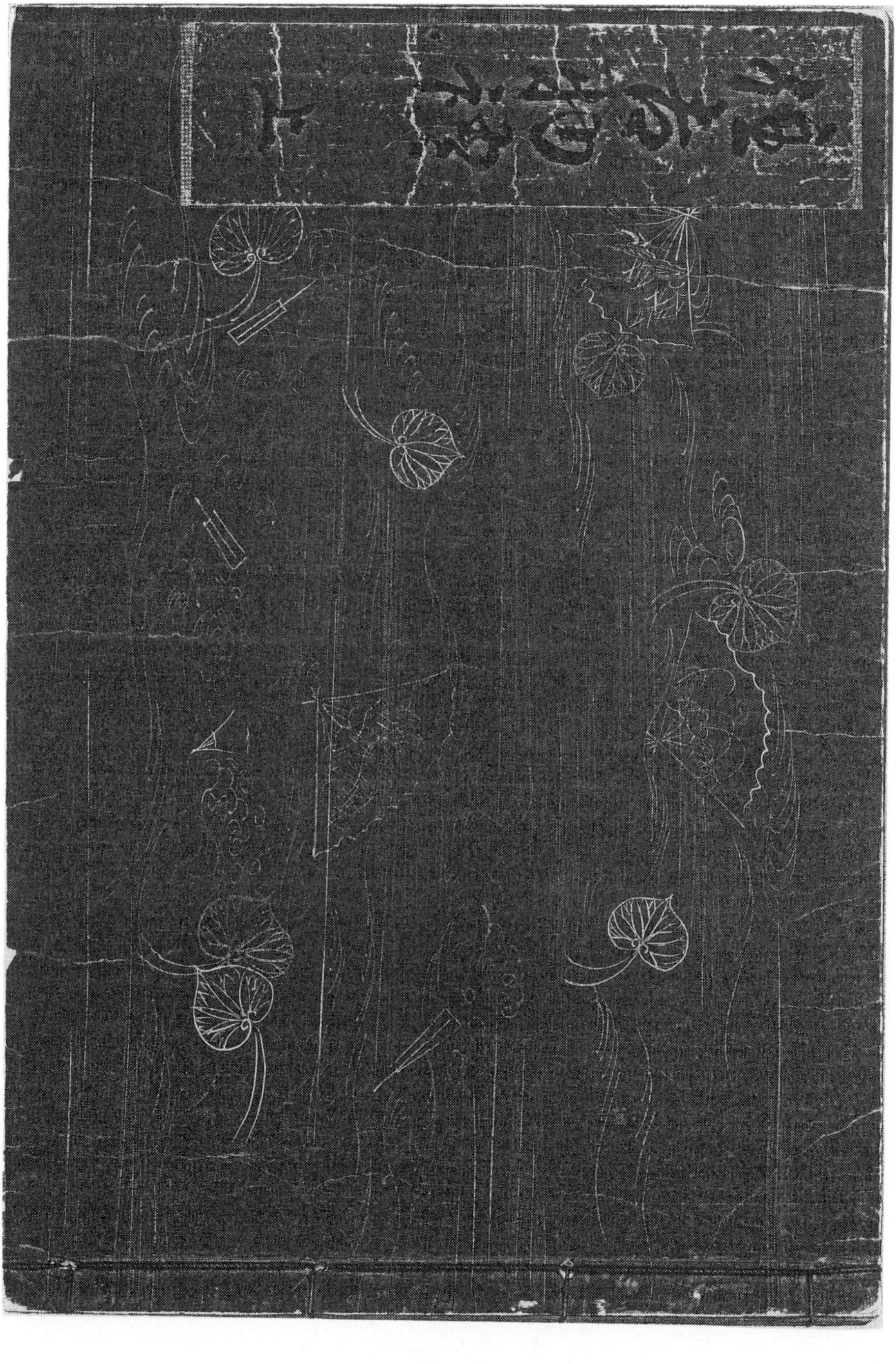

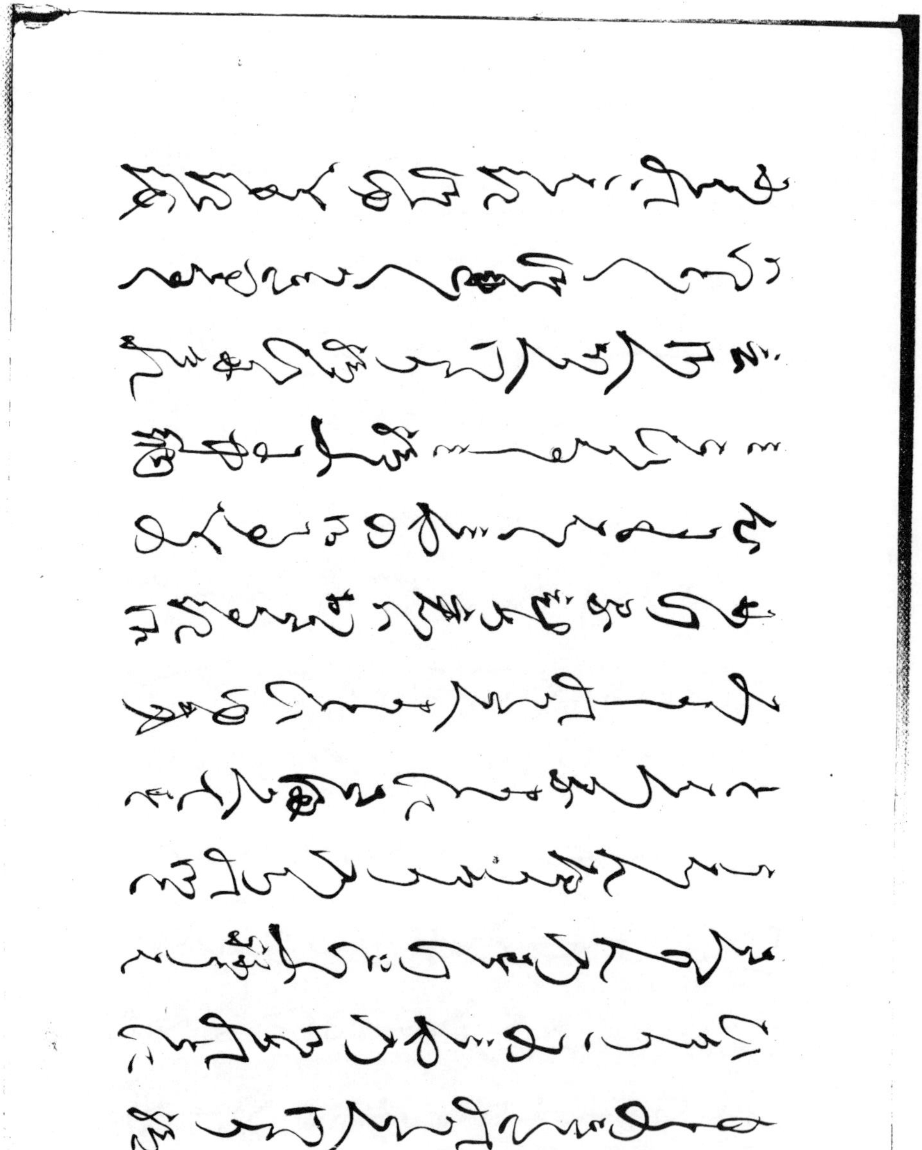

めとくすりわ給へそまうし
みひけるに中納言給のふわ
さり給ひてみてそまうりて
かり給へる御ゆしひらく
てさひ給へいてとひらし
うおひろうしろさまひに
人乃ちか恋さうと一ところ
まめやかしく背しめせ
ともいはもむろしもよさしと
すうぬおやらの中やそてぬれ
ともまもせめひける月は
きるうまくにむかり給ふ
わらしてかんく給ひされいち

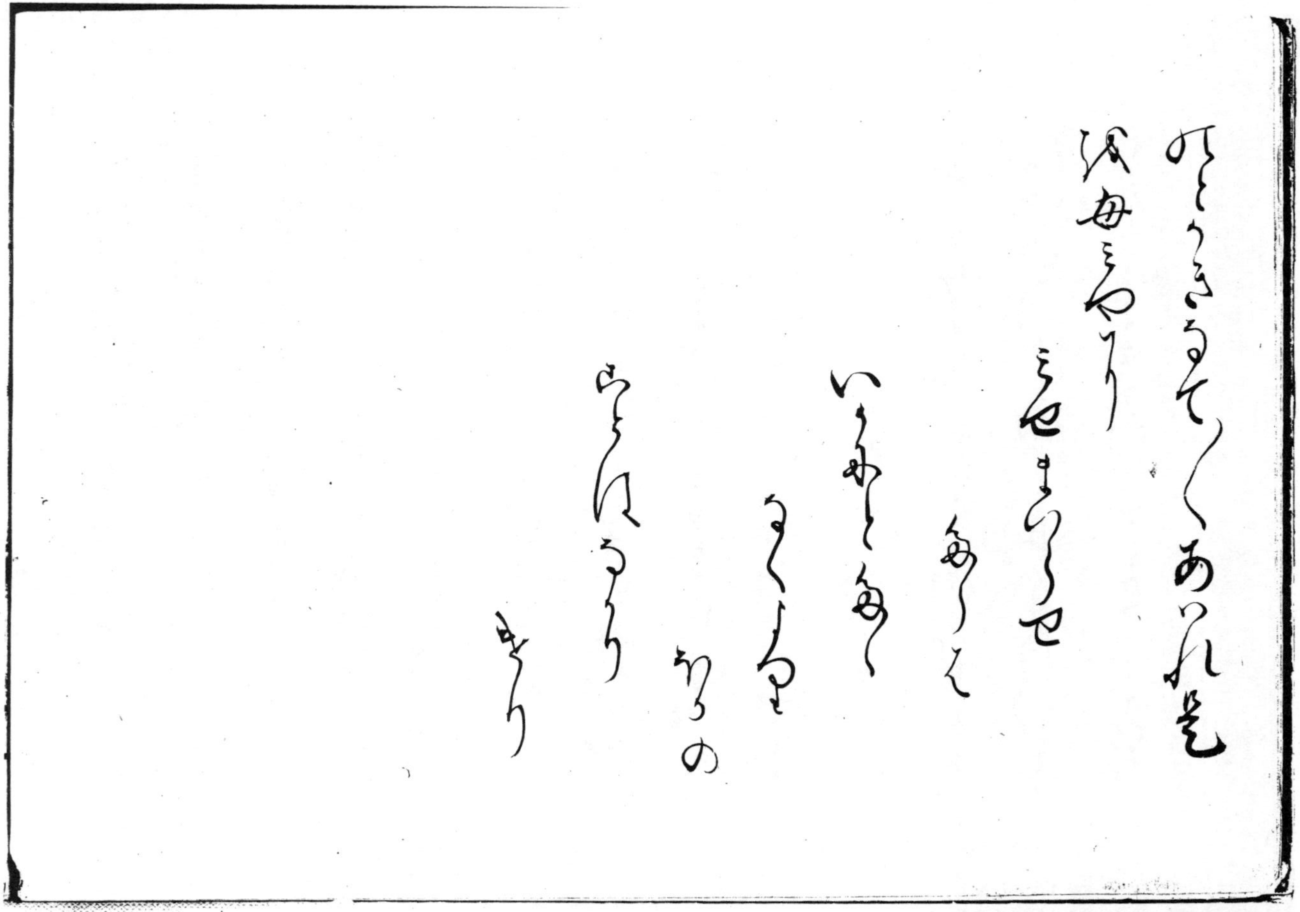

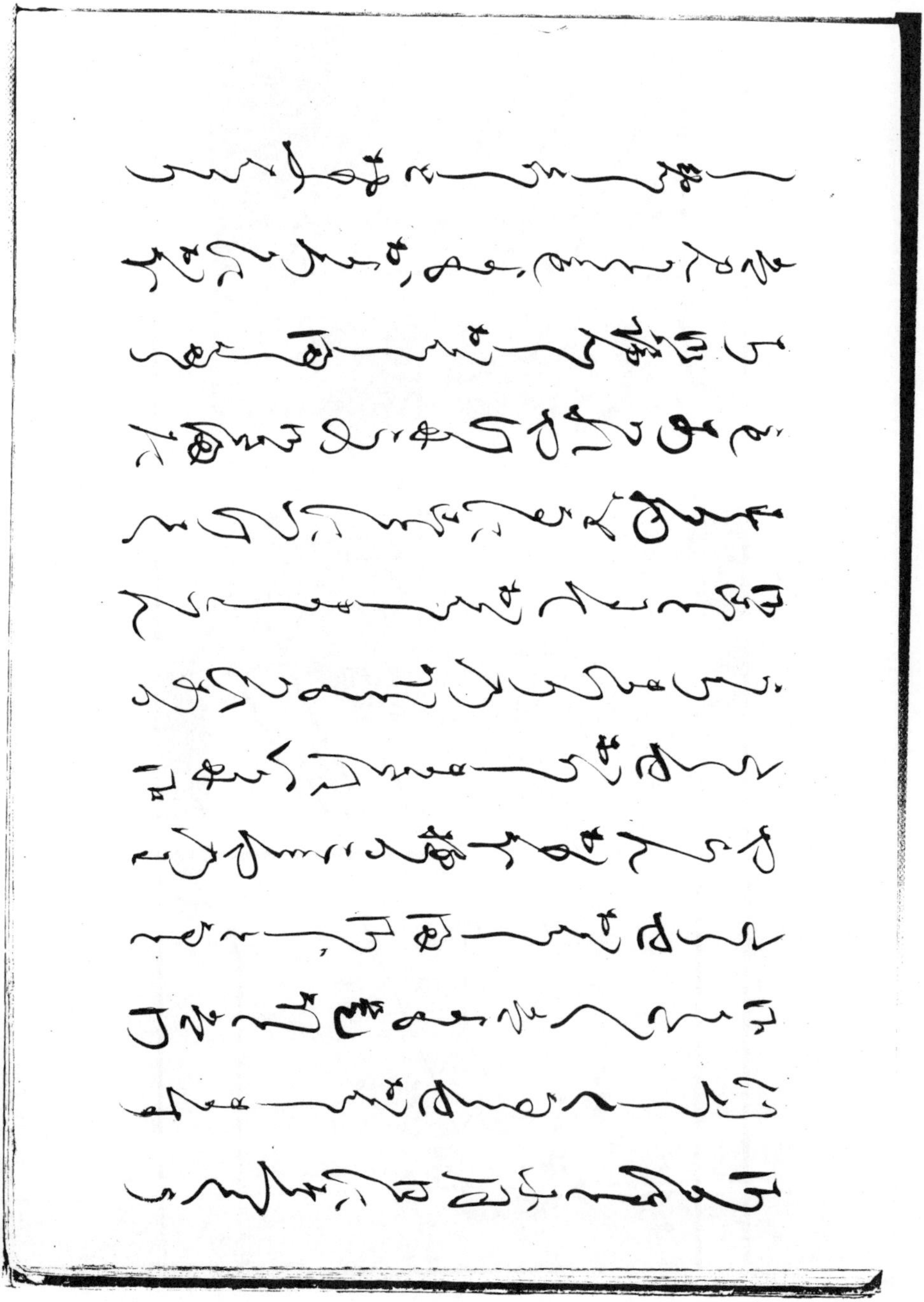

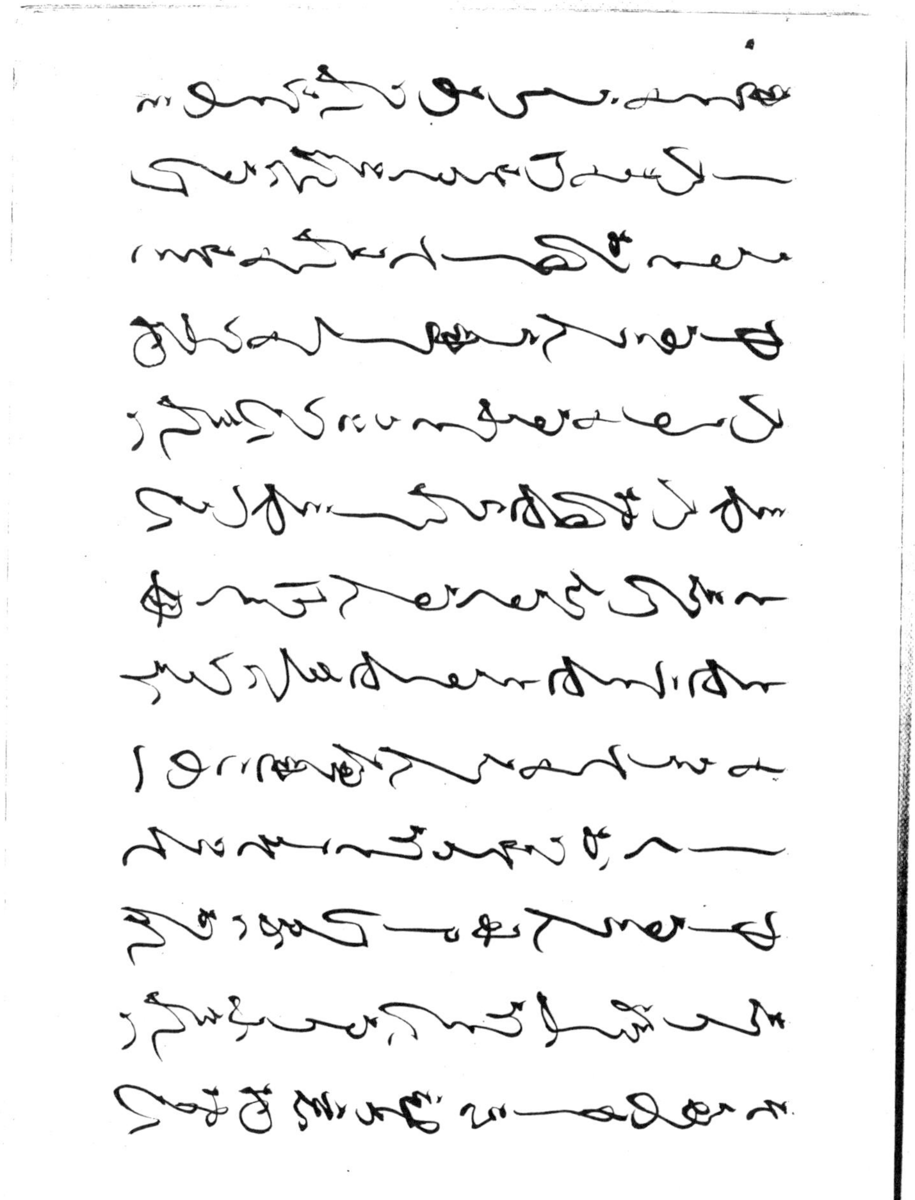

ありてゆりゐしむかし人あらく
又やよひんそて正月の十日と
ゆきさかそてくり給ひぬ成り
くその日くもるりぬまれ
むかし人なり給ひされど今二
人の心ちこころうくひ
てかくもろと申すらん給へ
くうれしくそおもひけれ
中の心これきこえもやまそれ
はまるまてもこのひち忘れ
ふとて心のかりにそかり
けりと心ち忘のはちれとれには
あるうちし人らん成りける

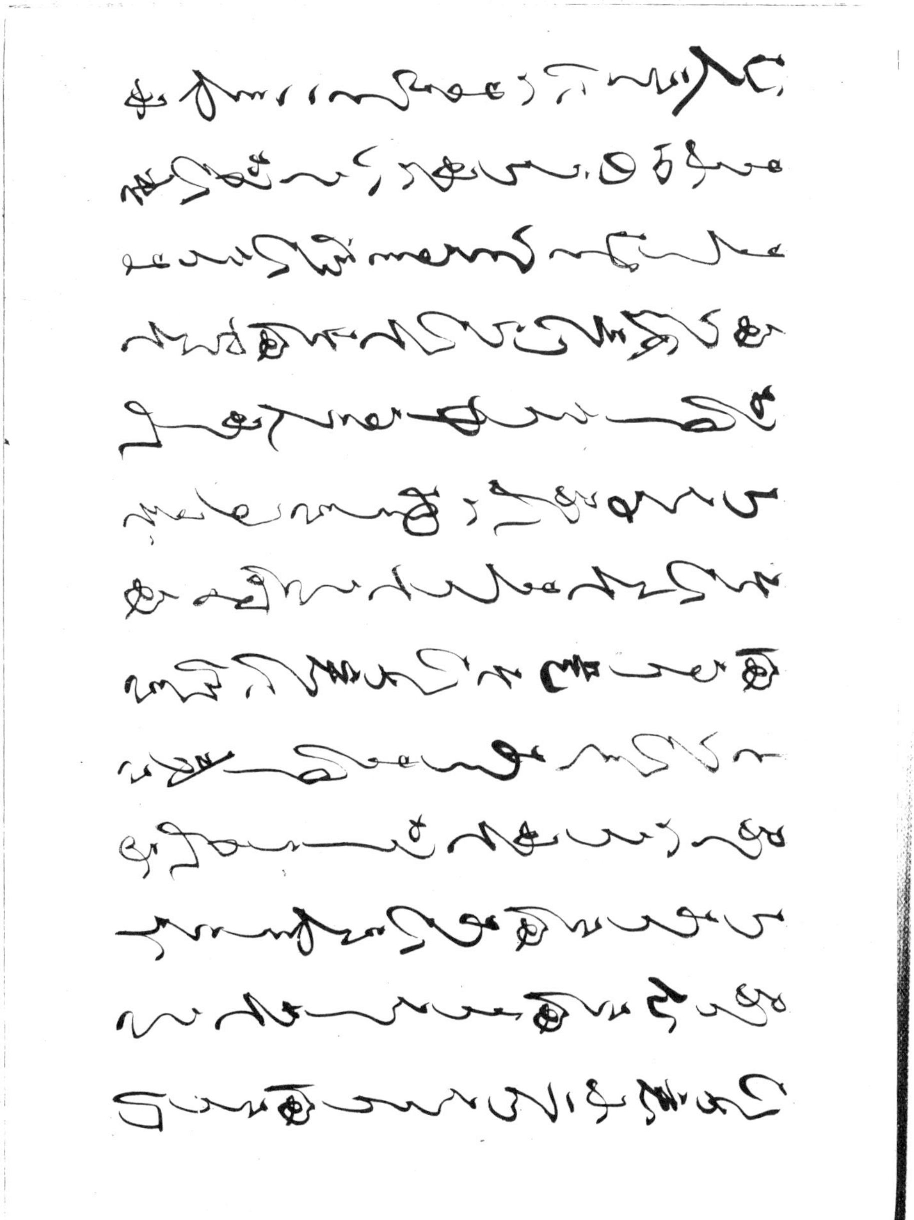

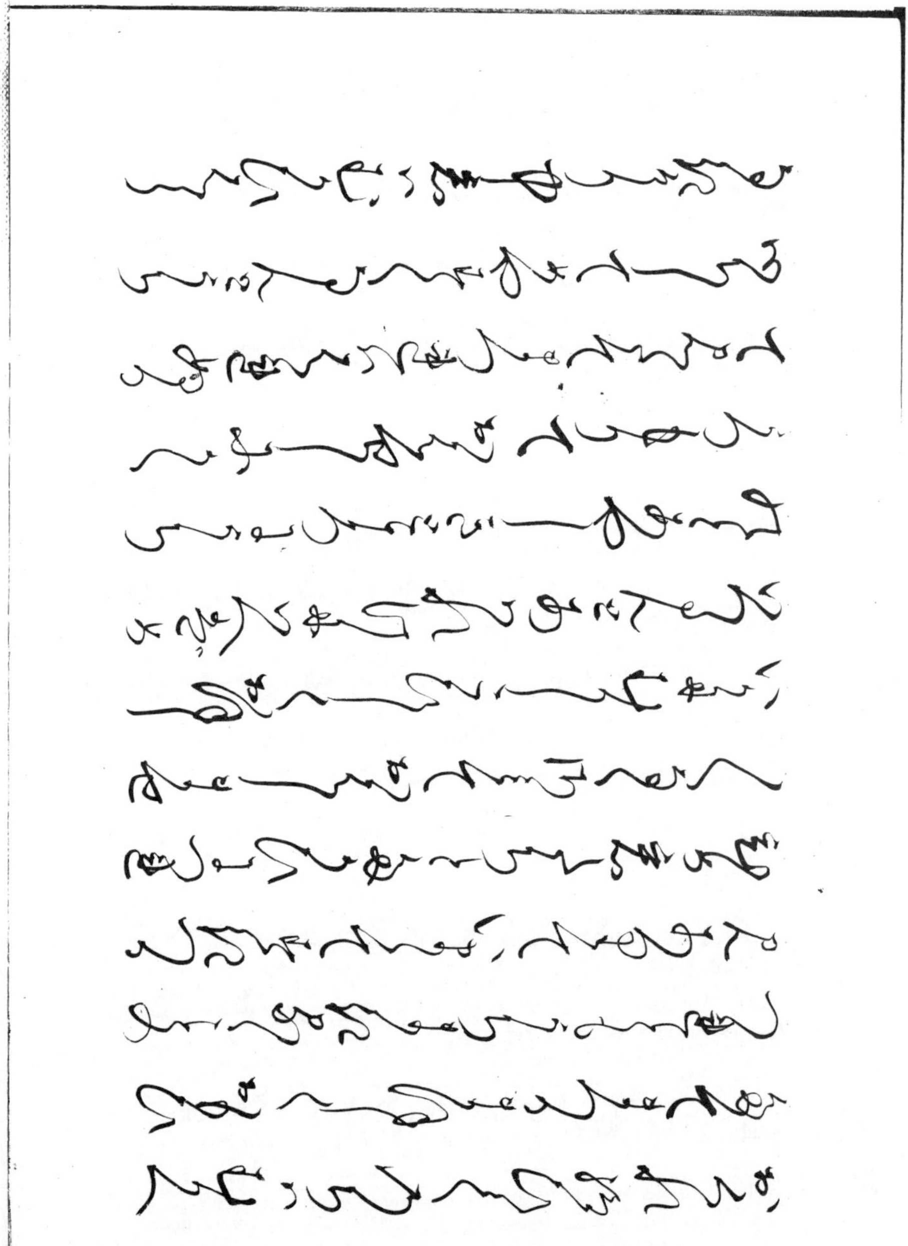

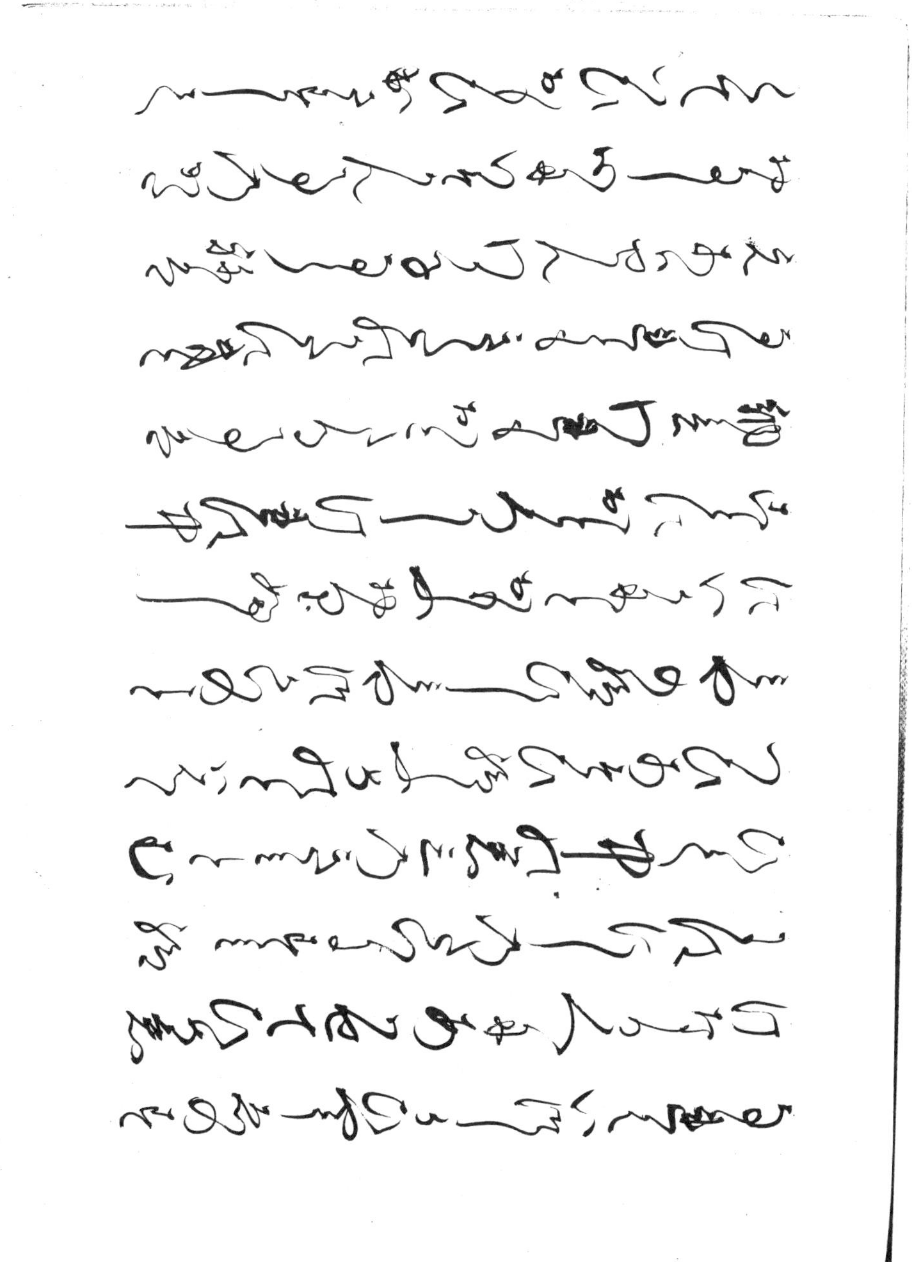

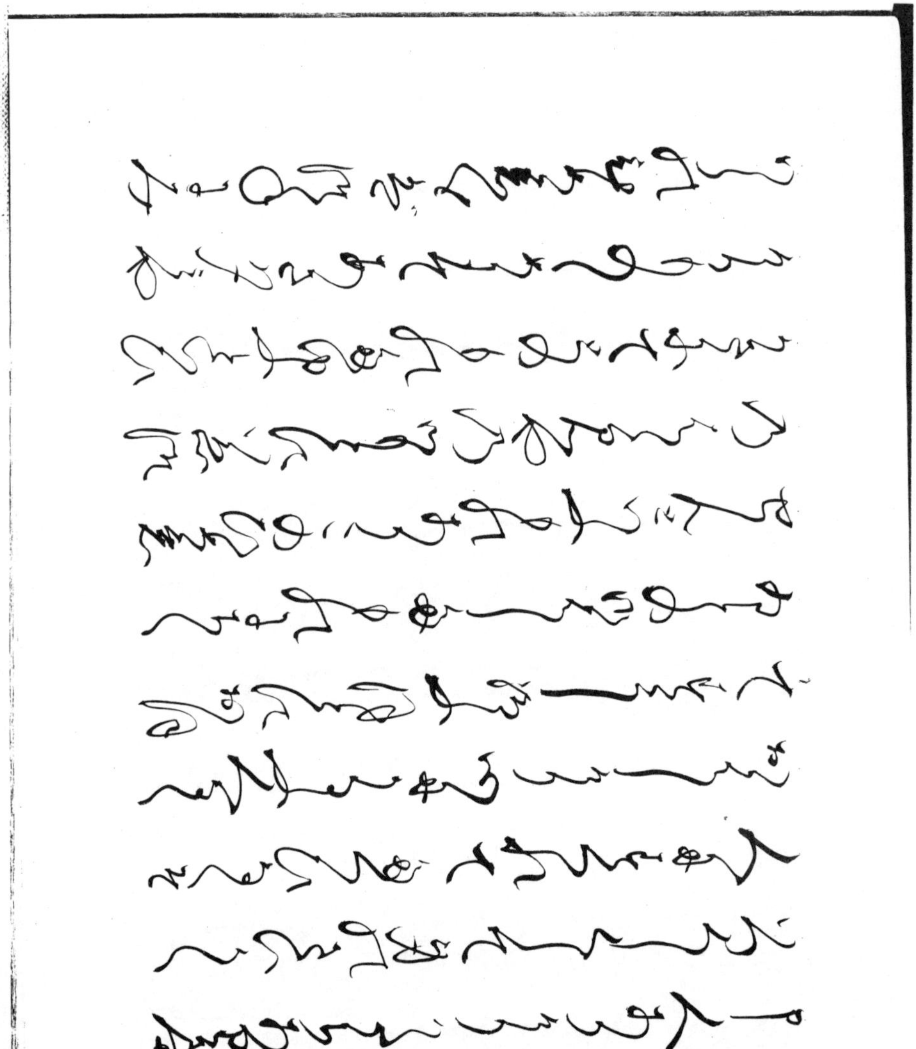

こそまいりけれちやうぜんせう
しやうの前にて人のうら
れしきおしこそ候ふらう
ちやんかしやう中納言殿
こやくのれ給ふ思ふそうぞ
れわとなかりしがあくひ
るくわくせしいのみかりひて
給りんかんやうせ給ひくれ
ちこの女房給人はまうりよう
ねがふてそまうすらふ
をせうしやうこそ給ひく
ちやん給よびやくぬ
まふ御まへろうりゆみかるふ

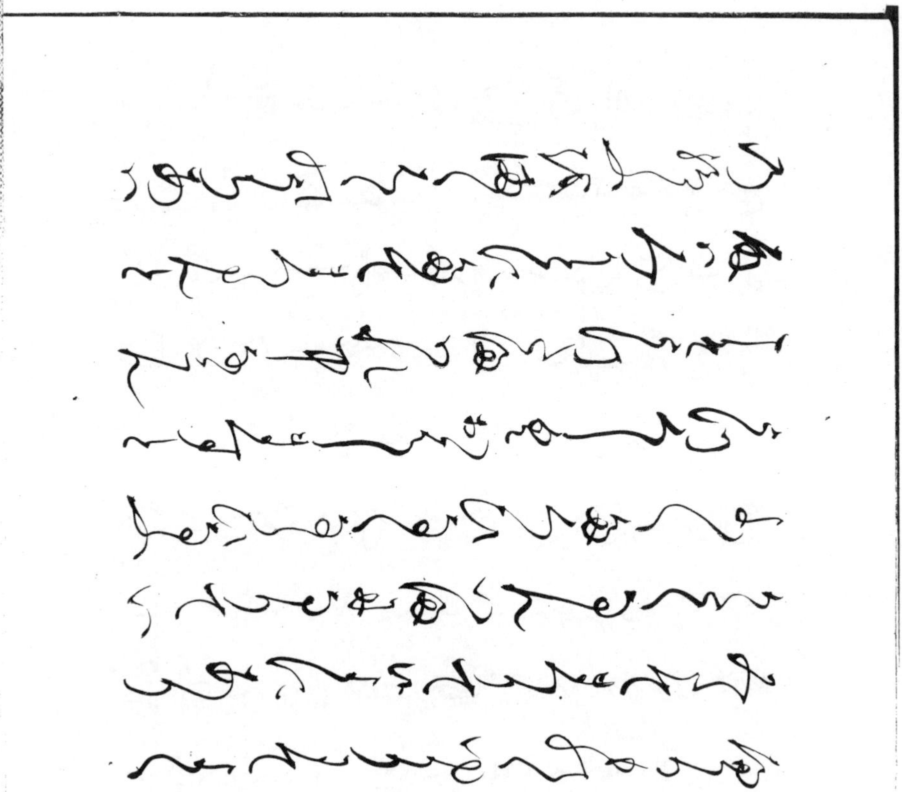

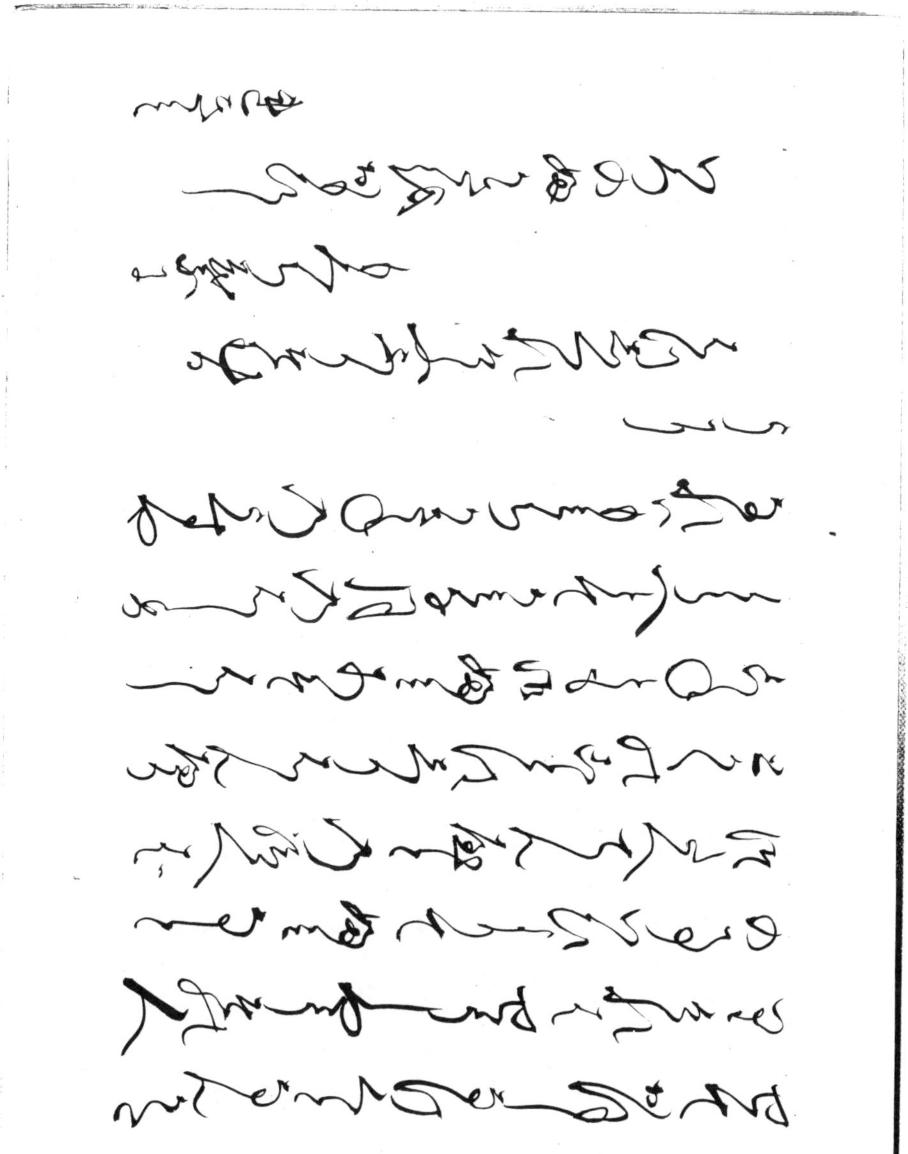

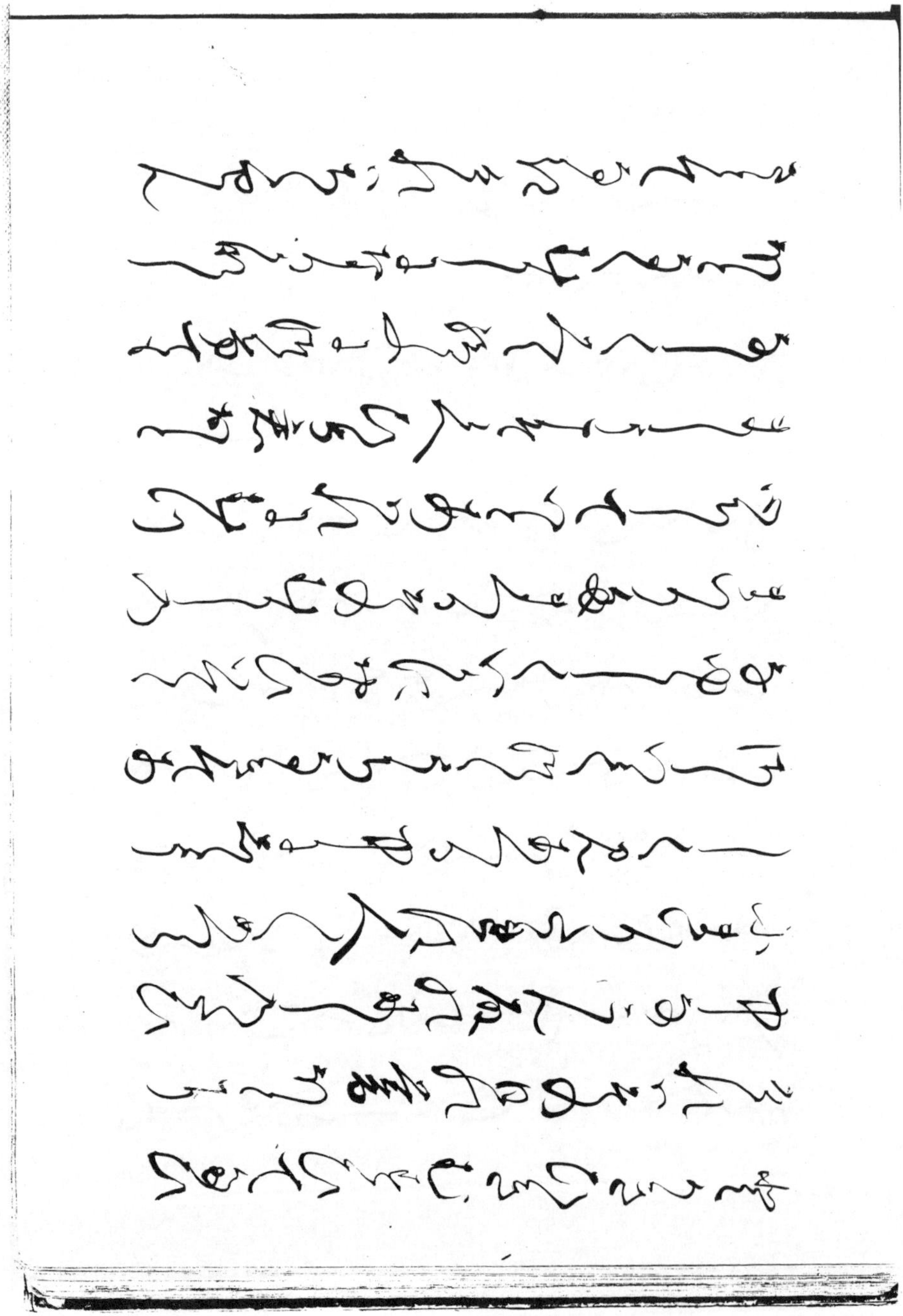

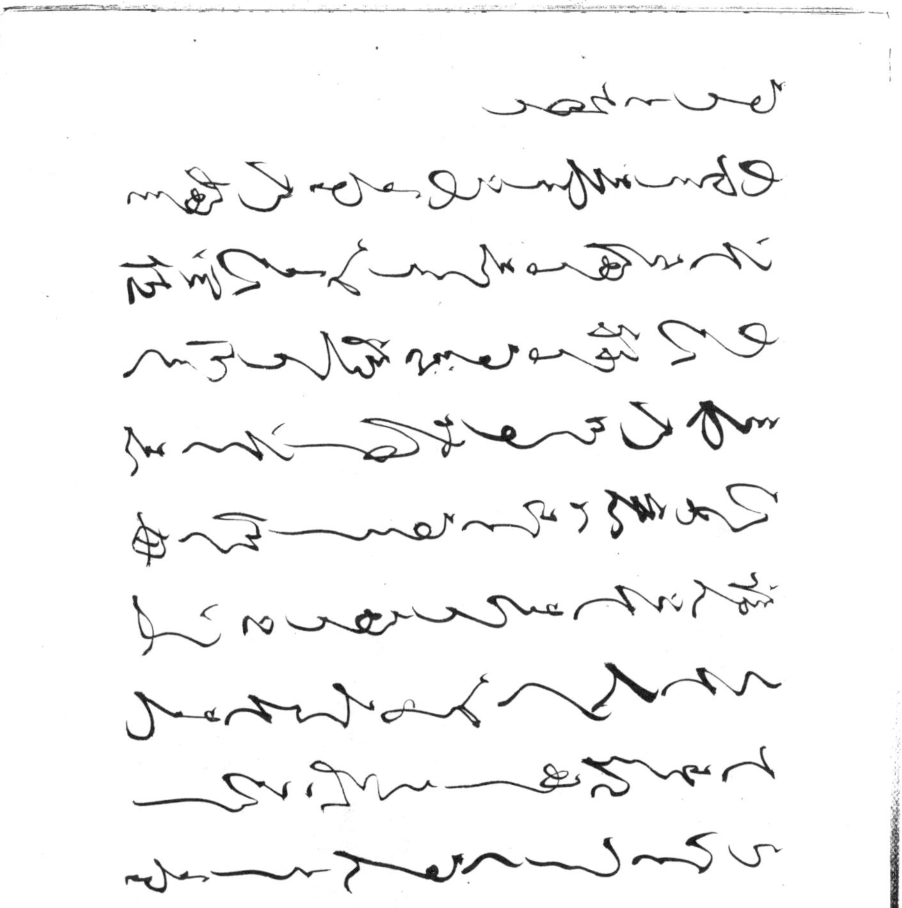

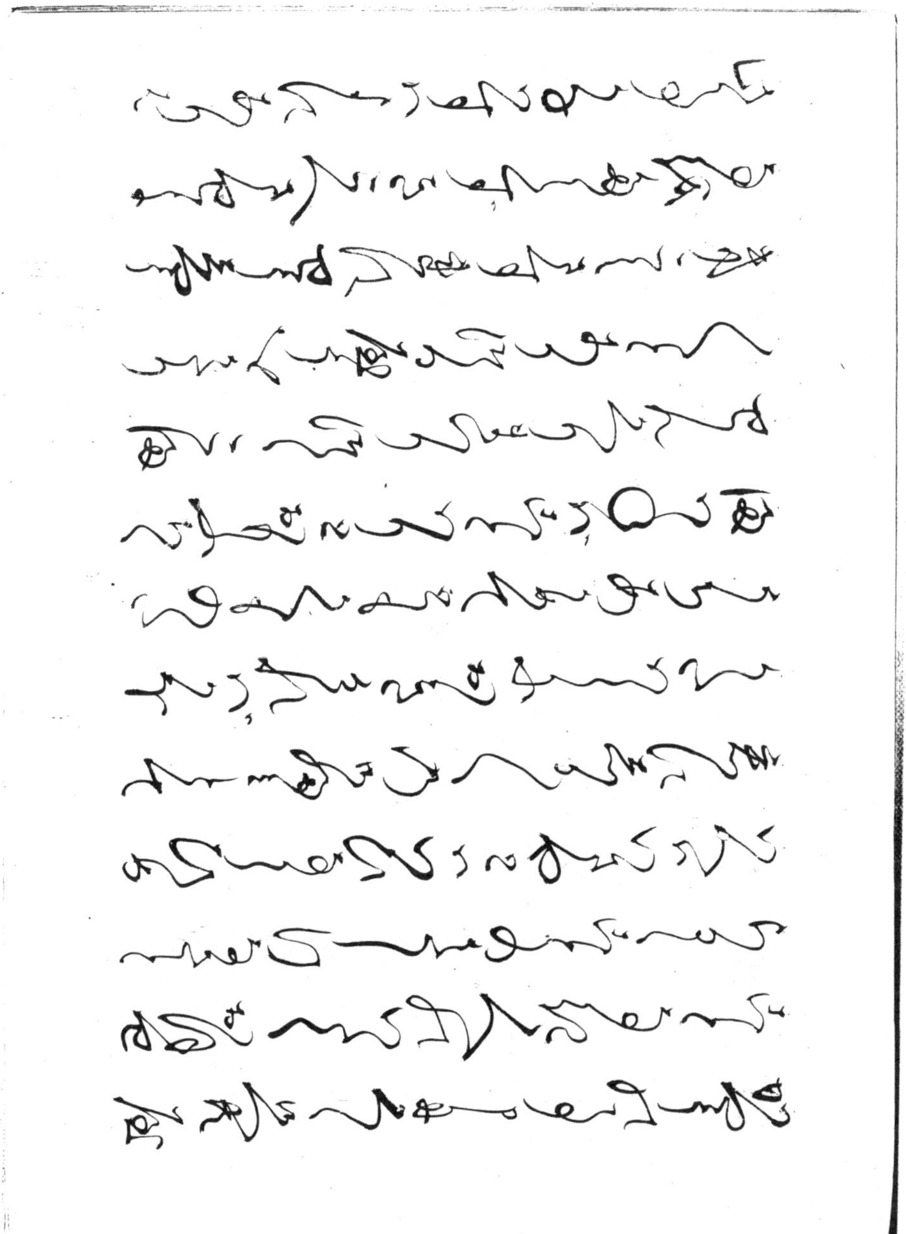

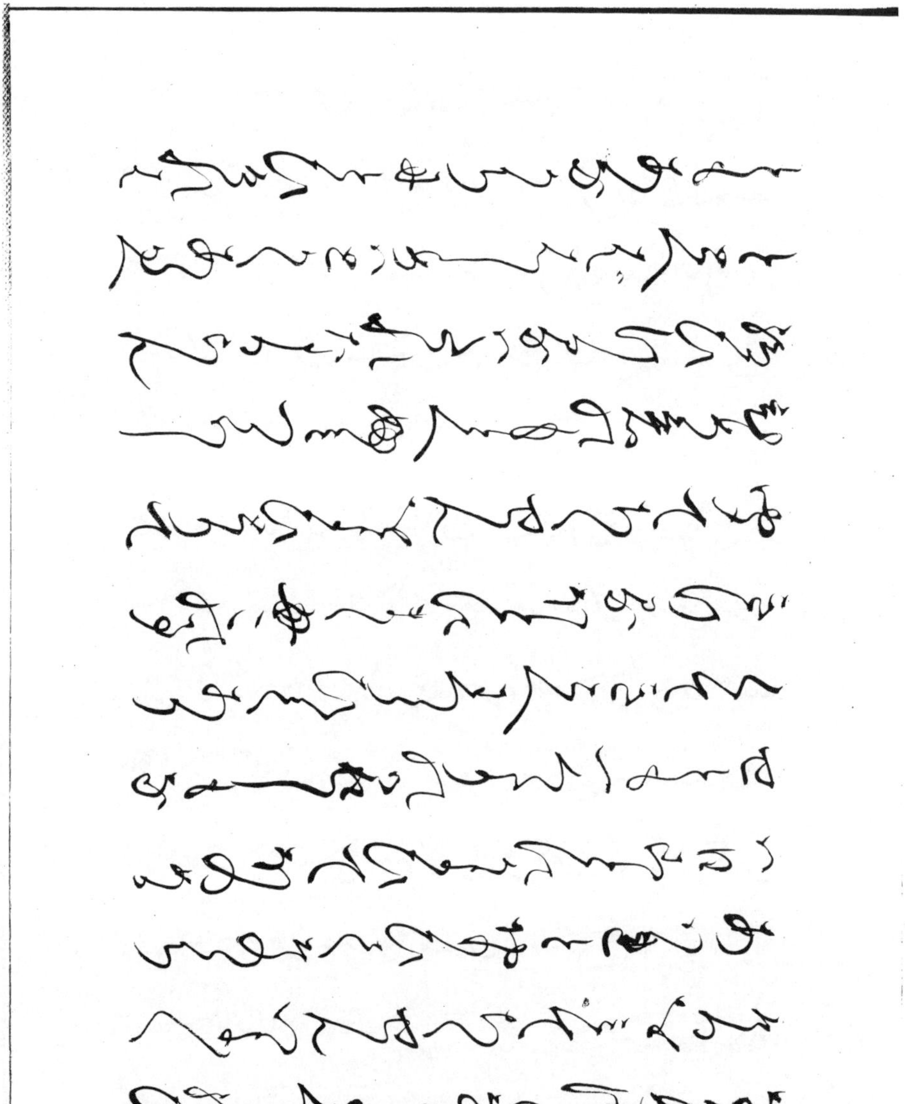

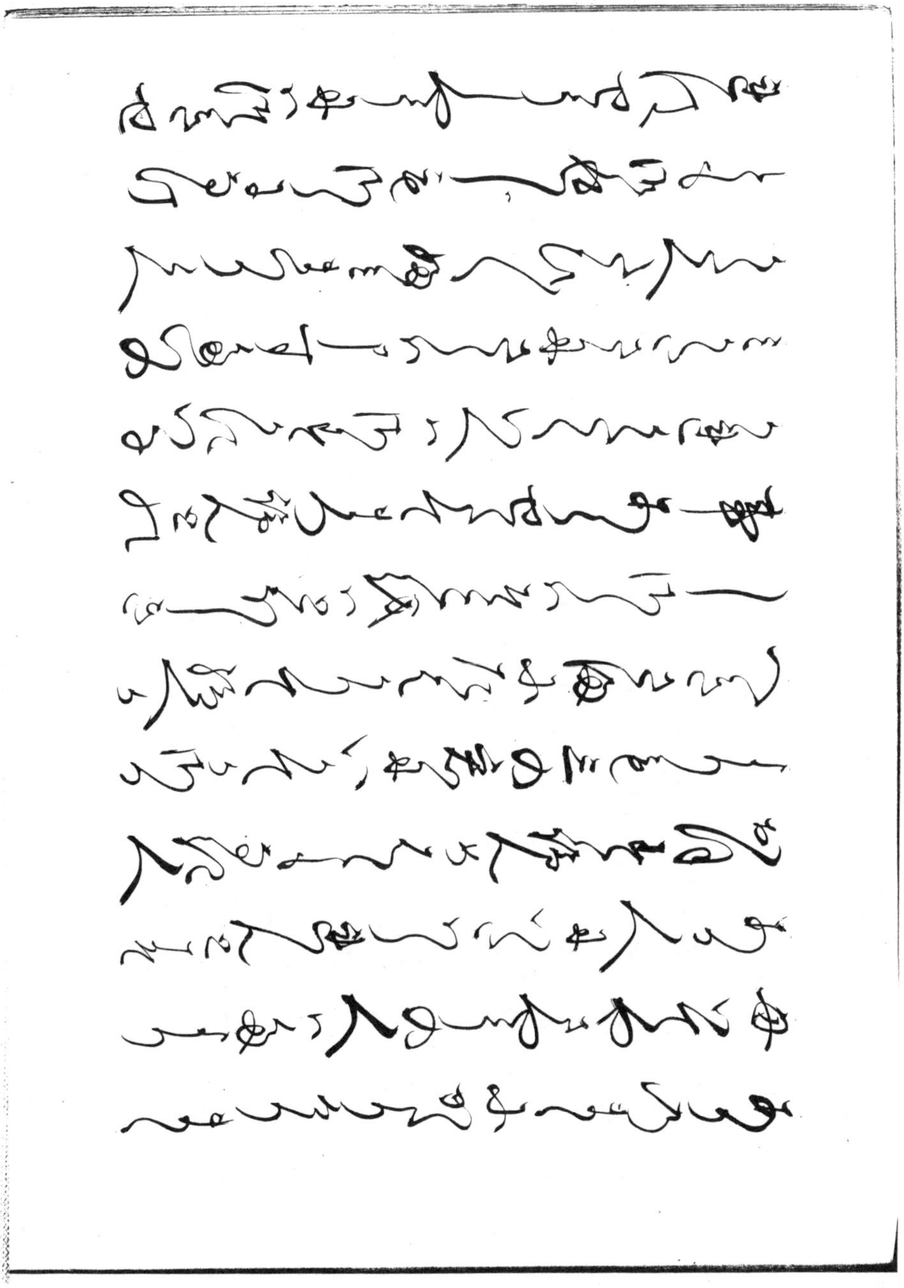

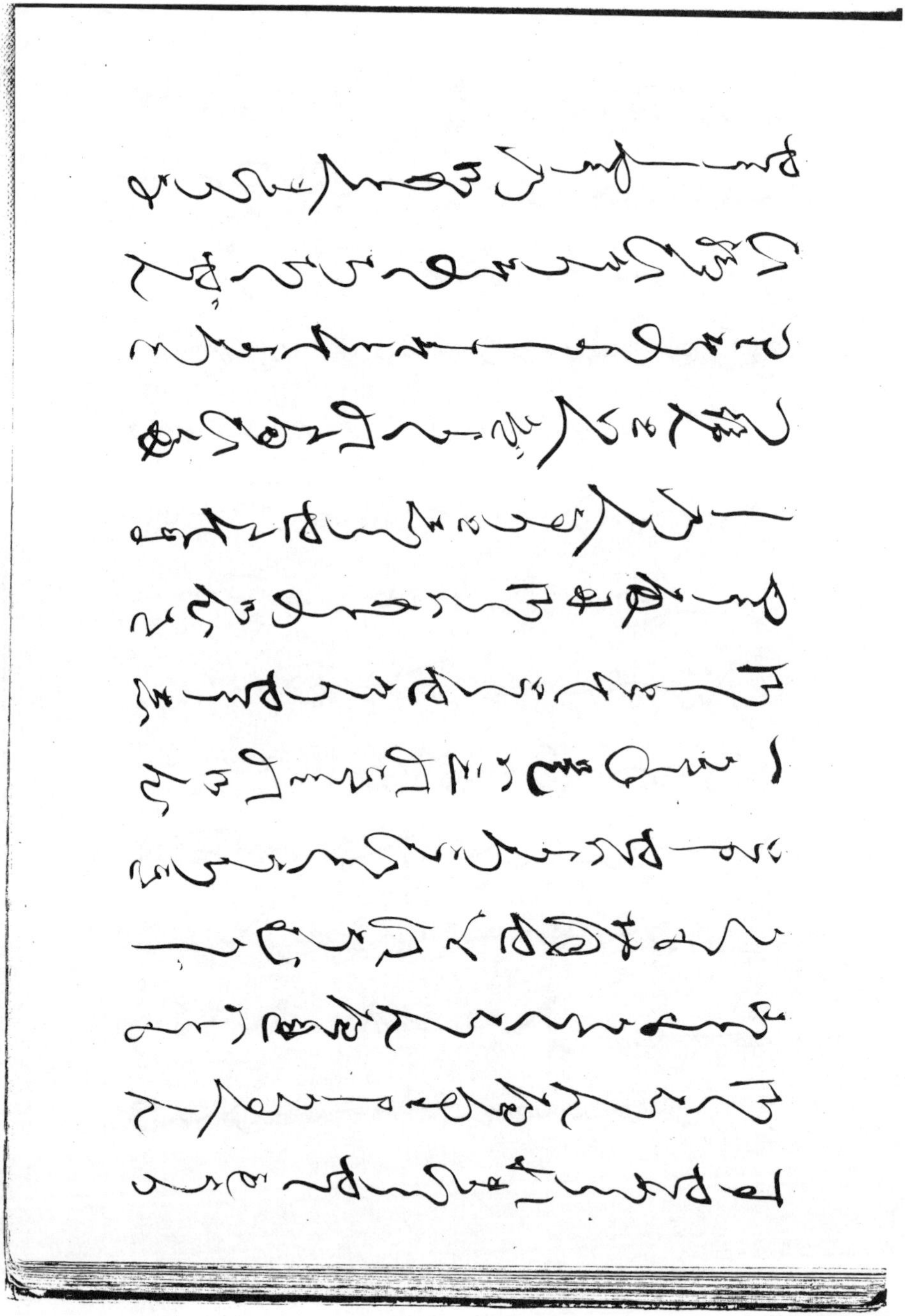

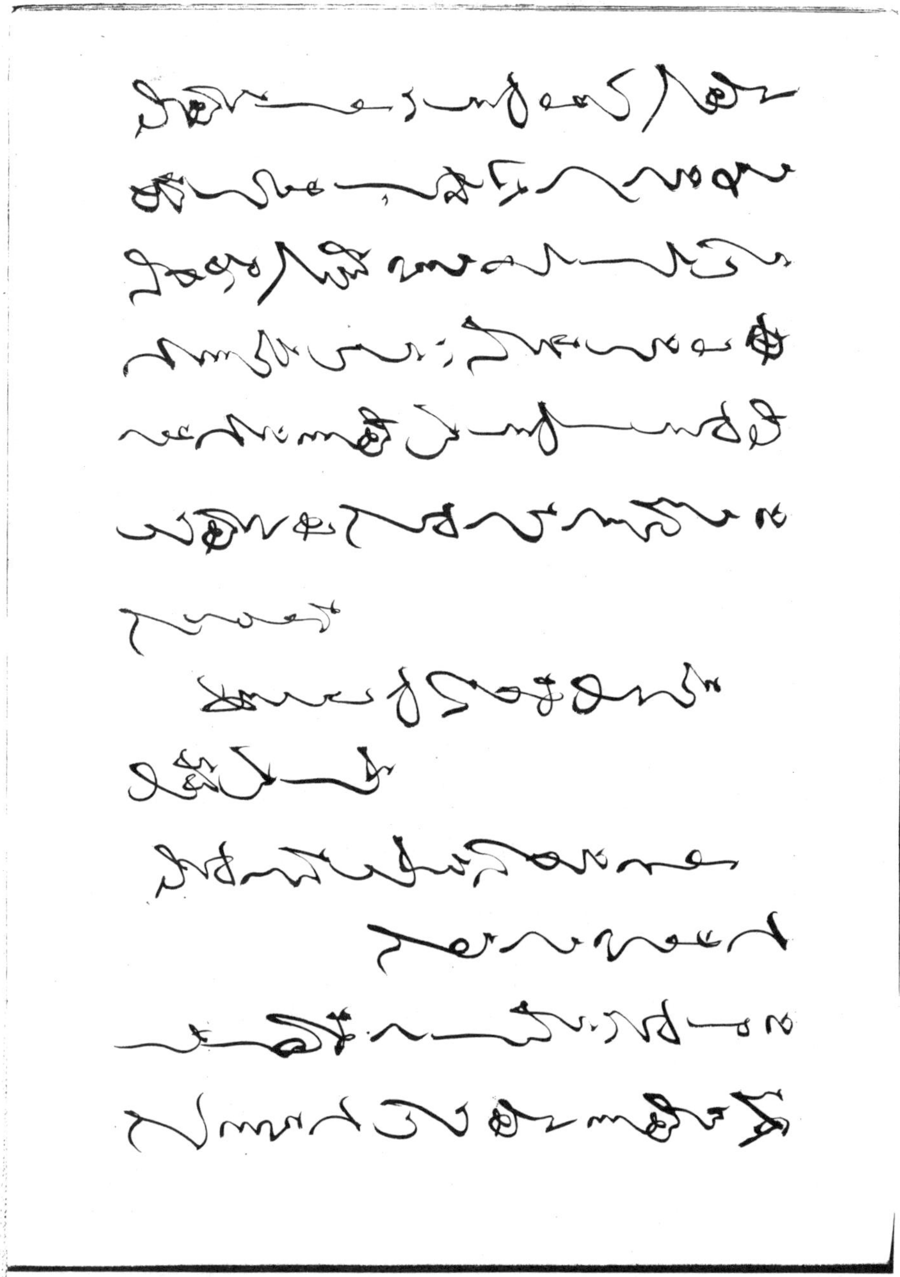

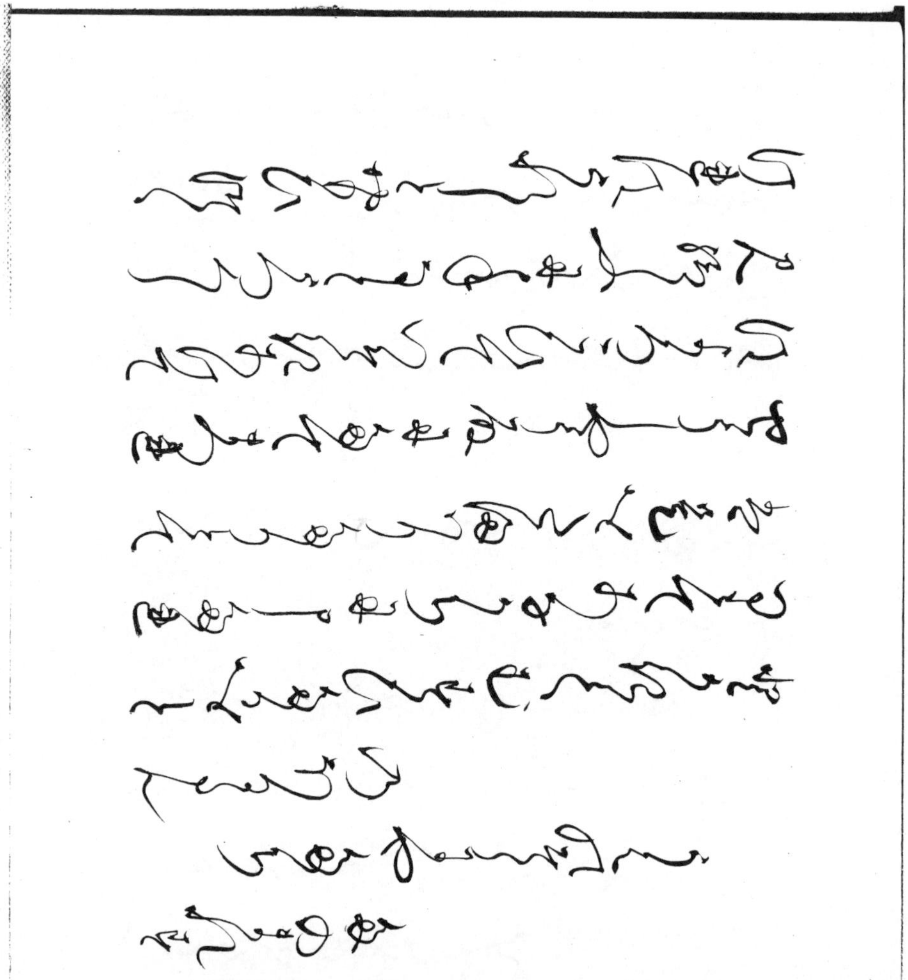

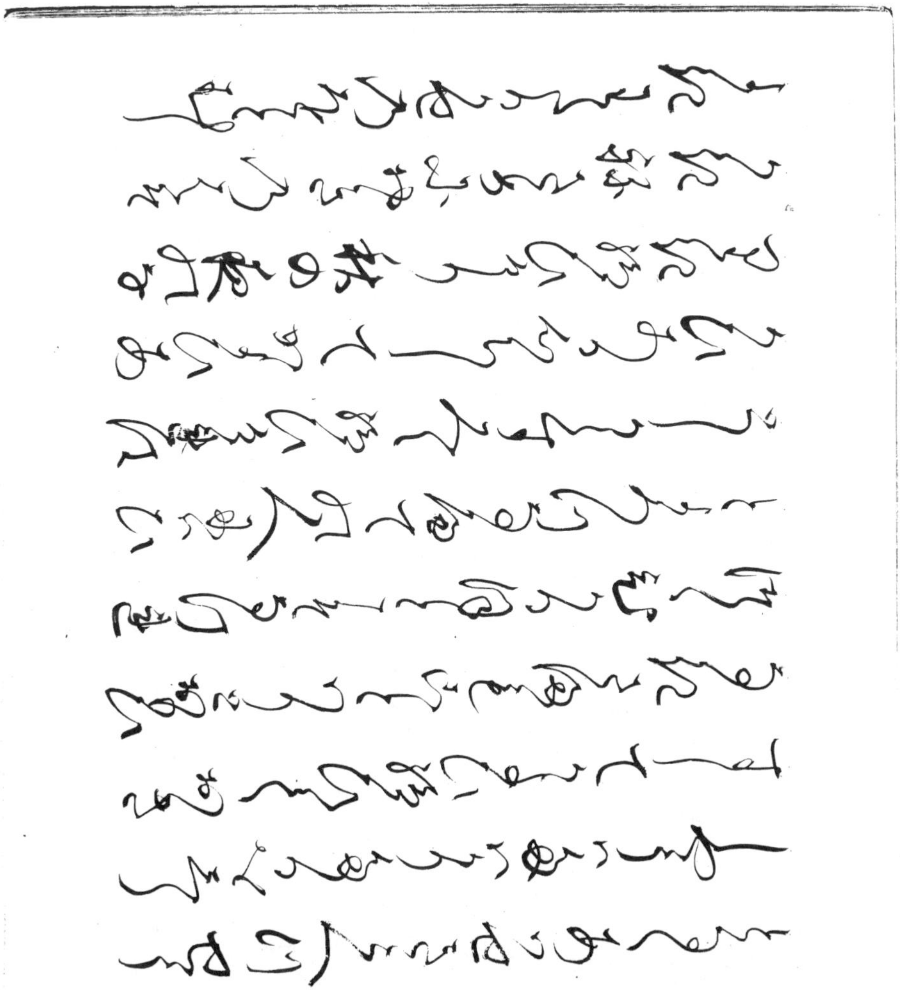

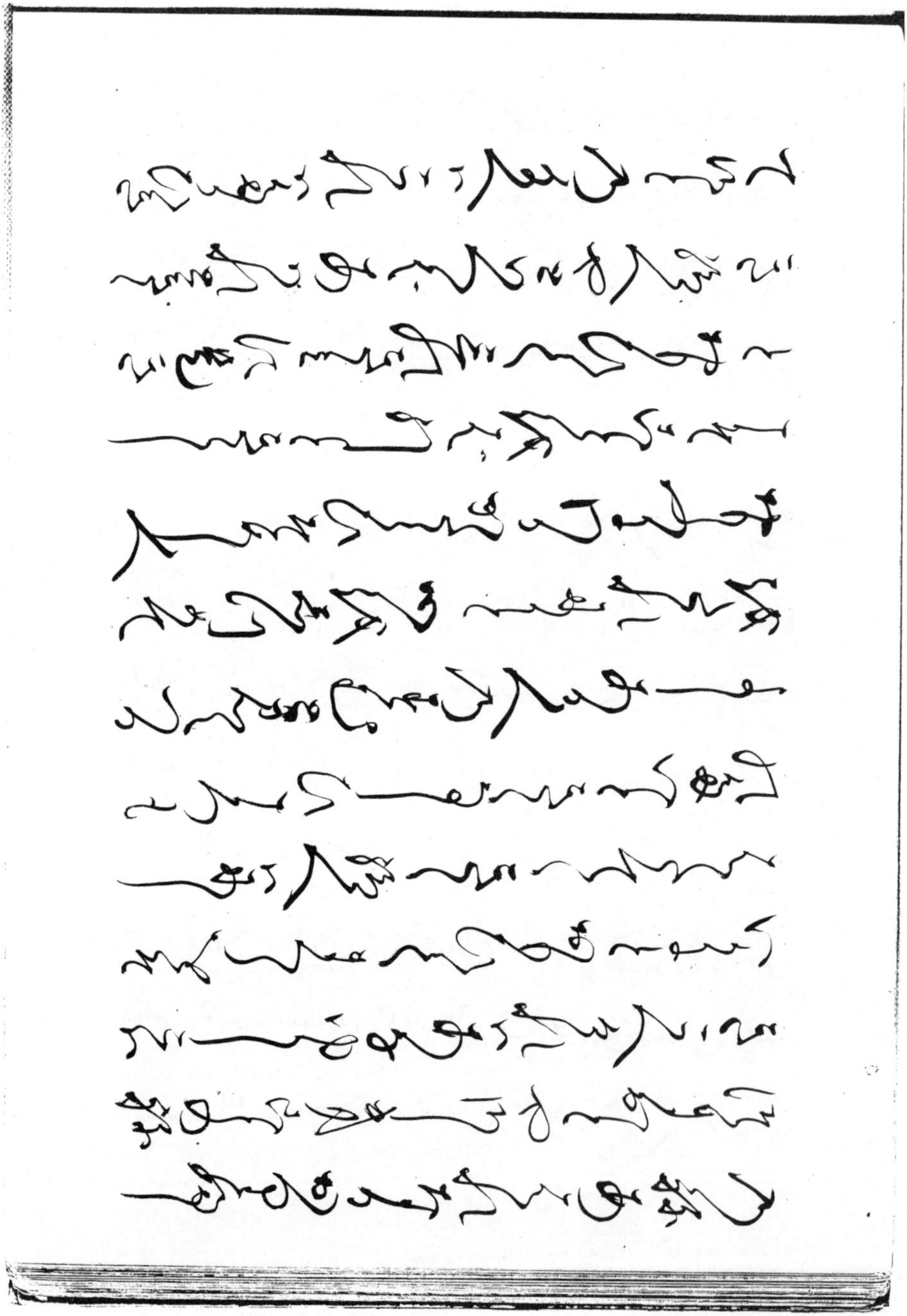

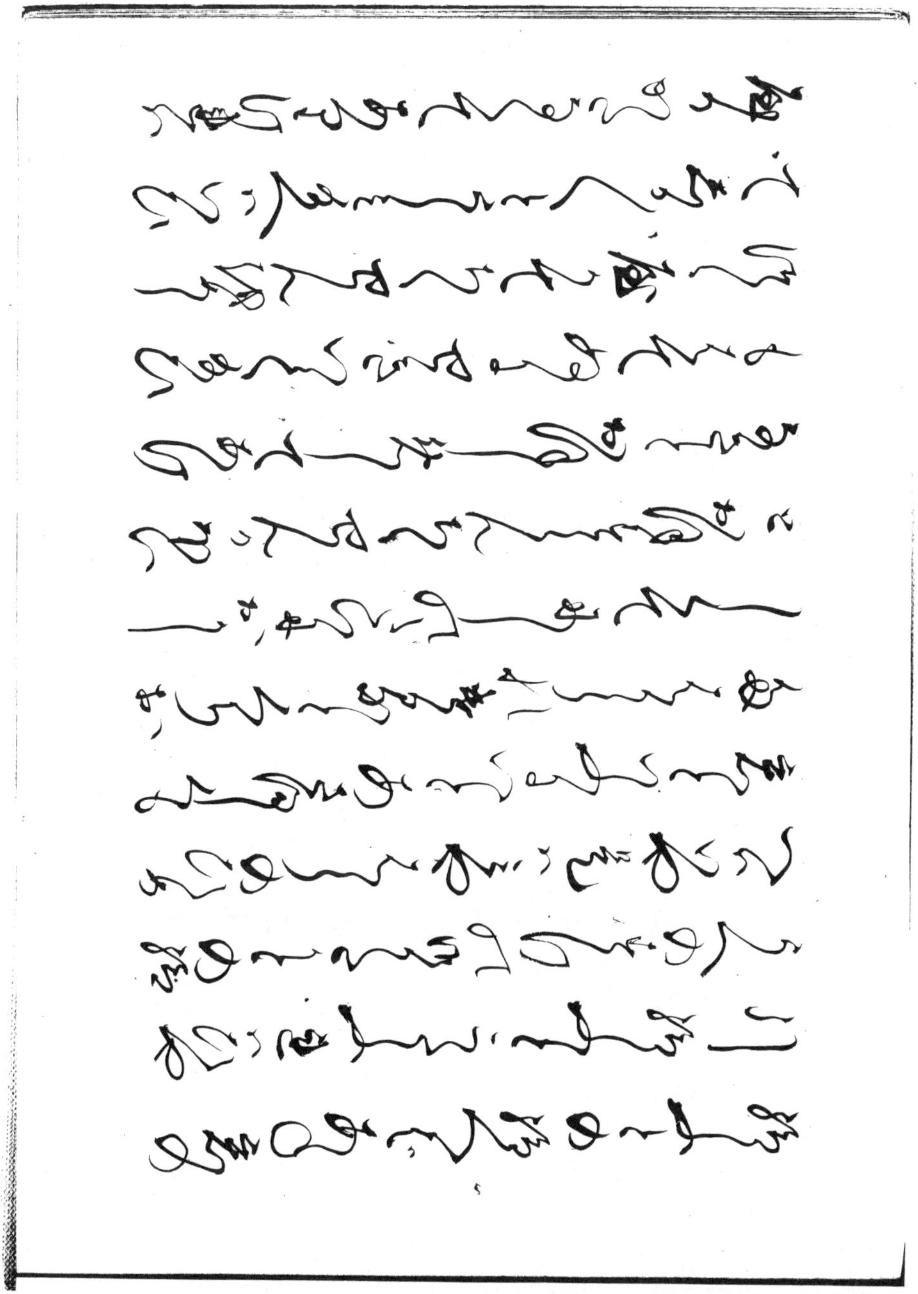

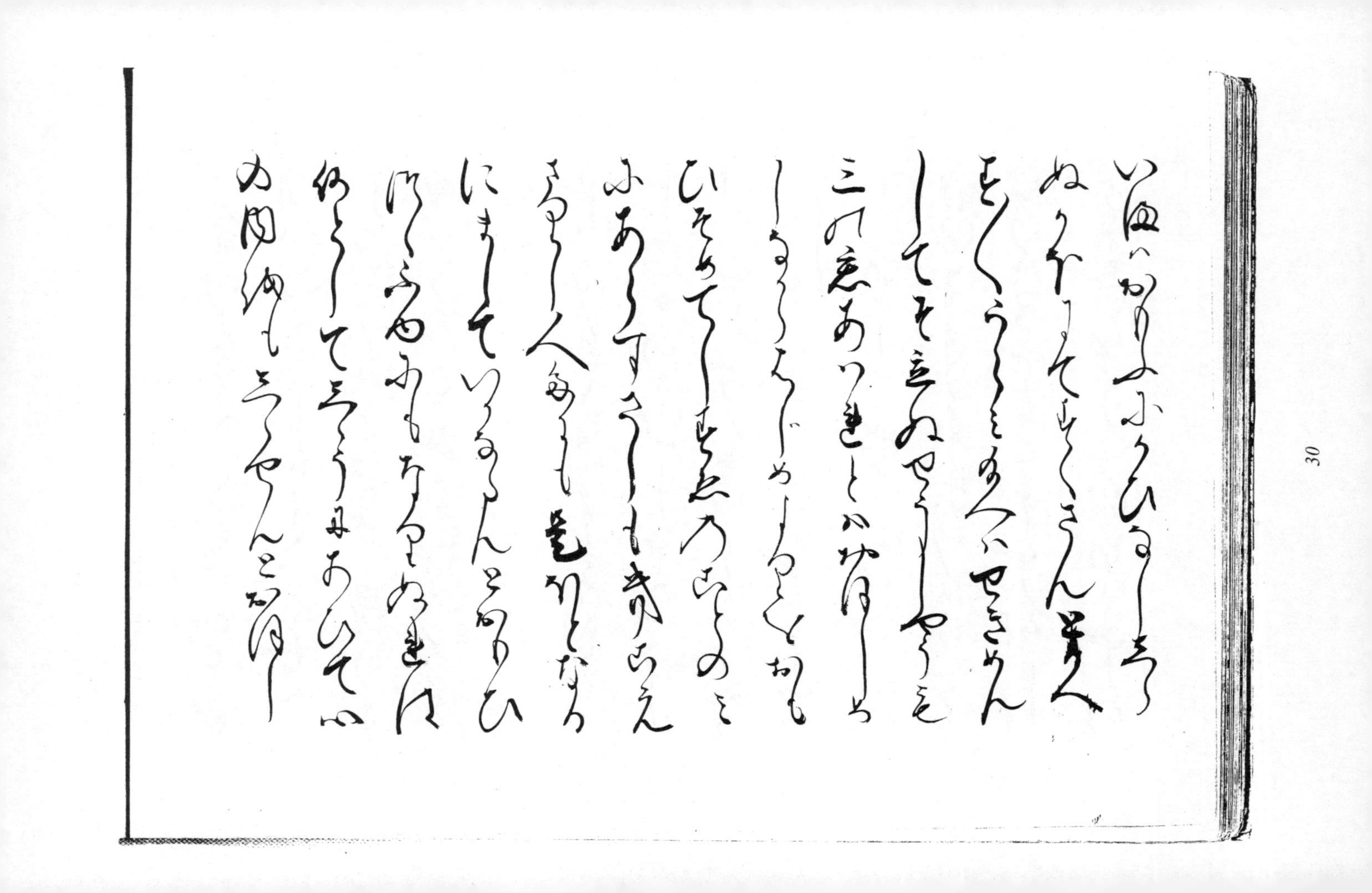

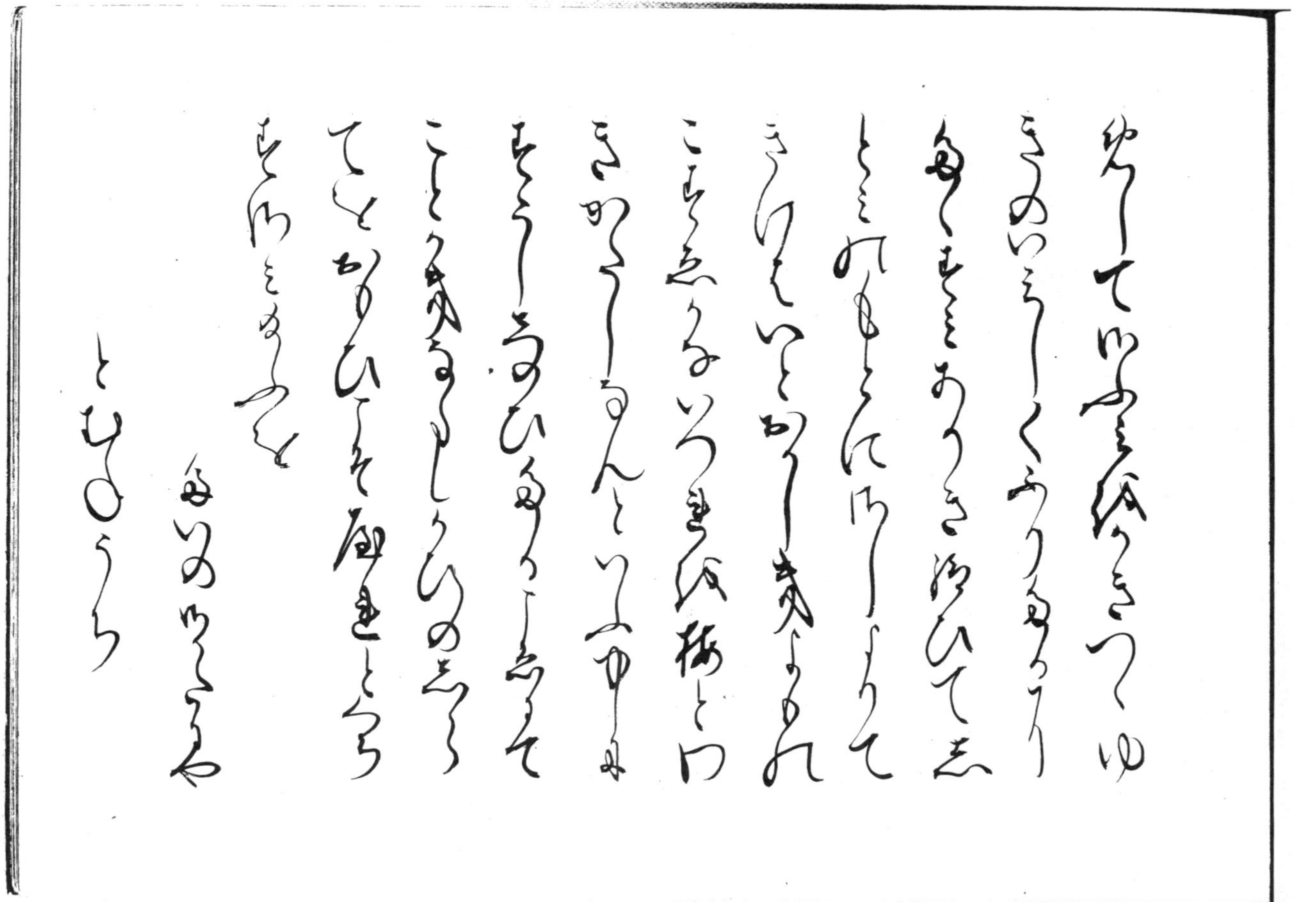

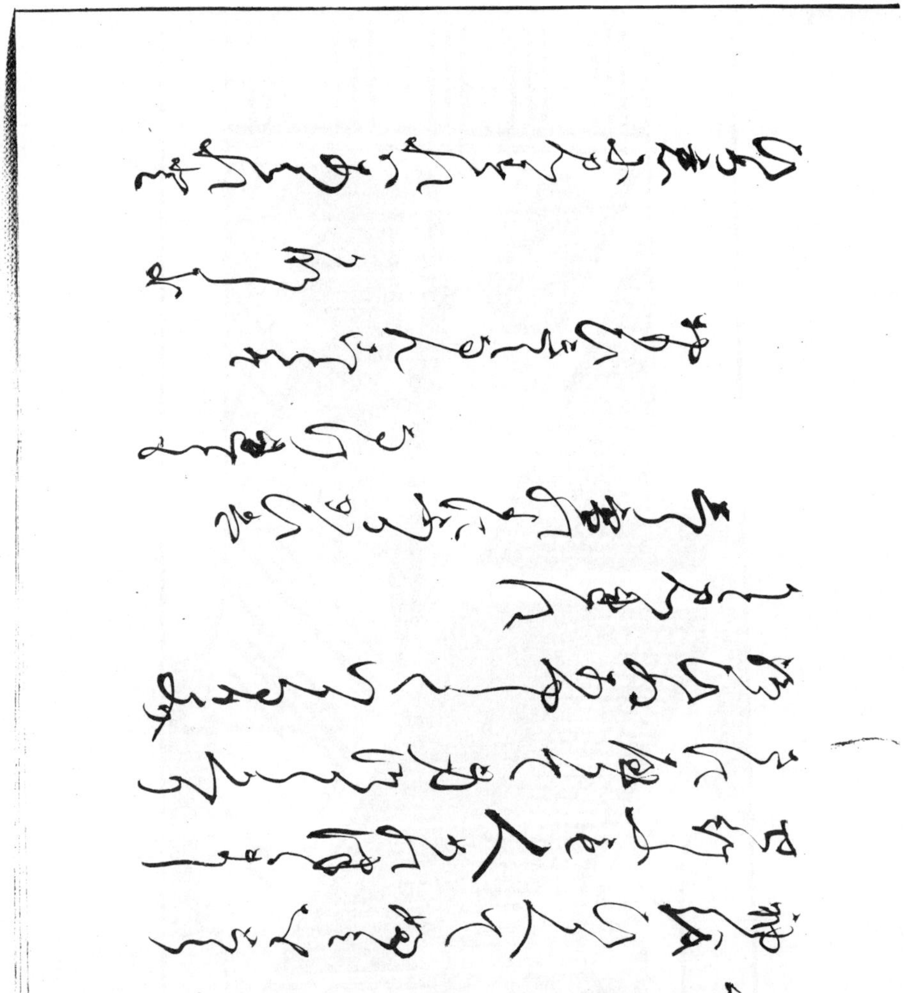

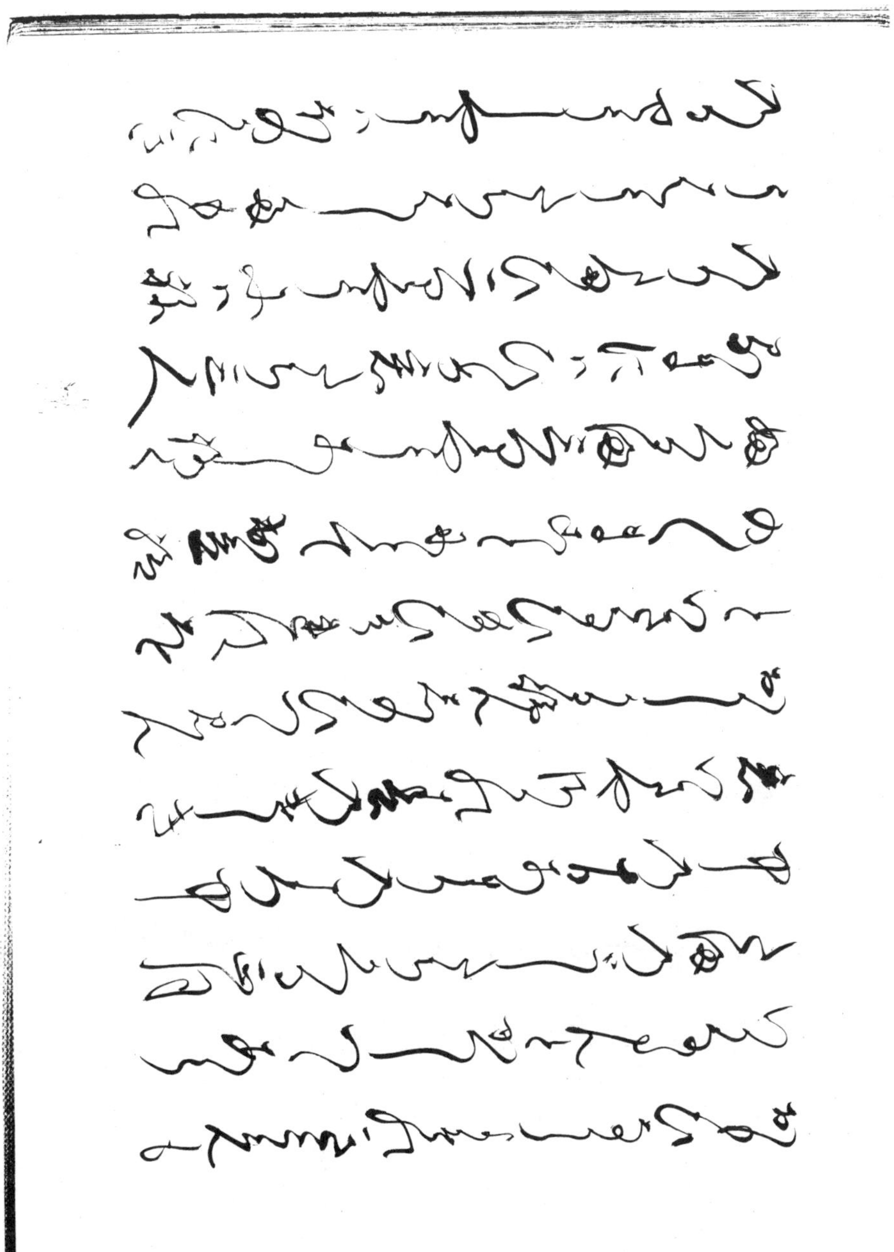

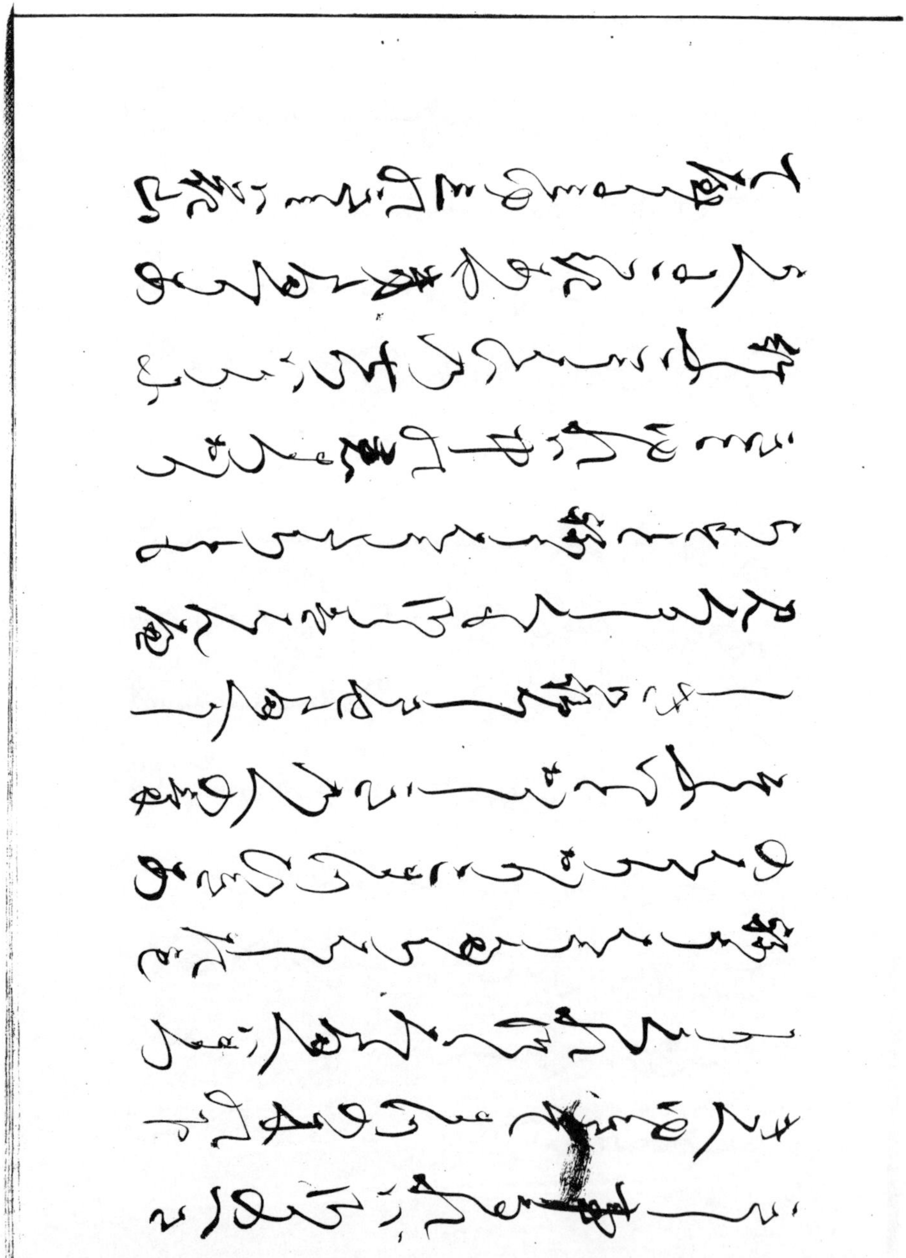

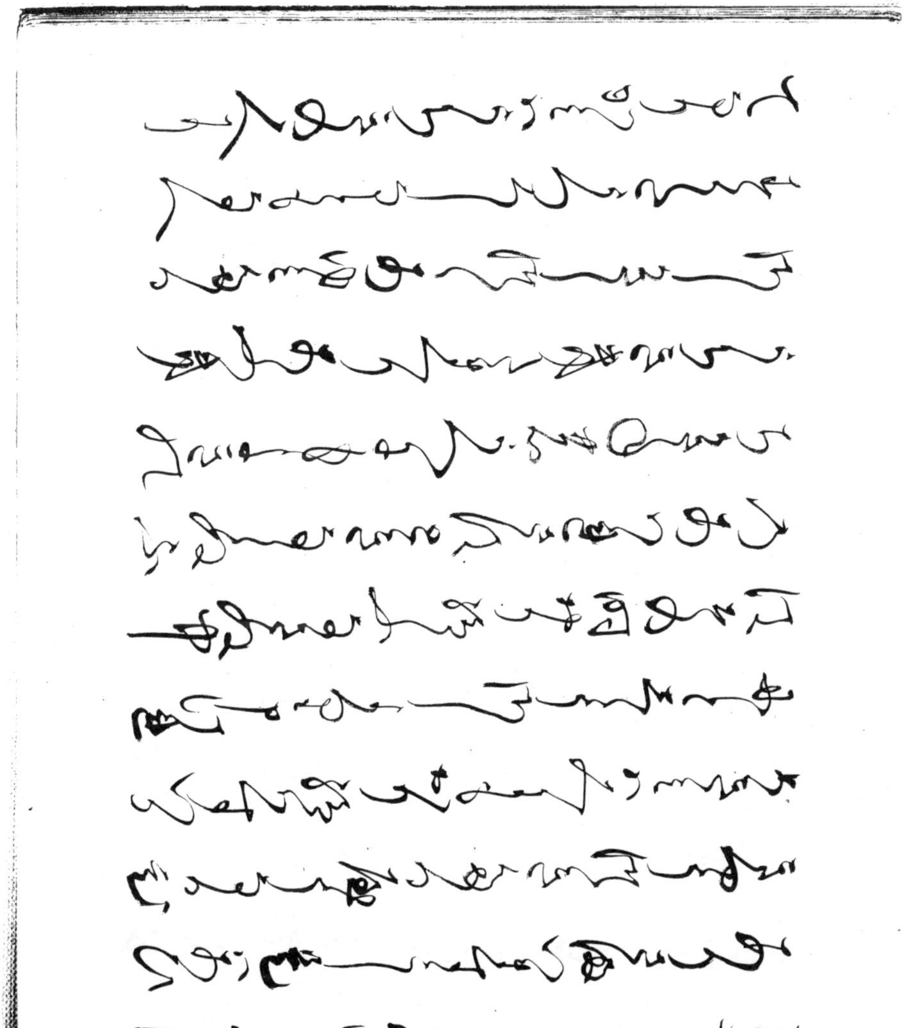

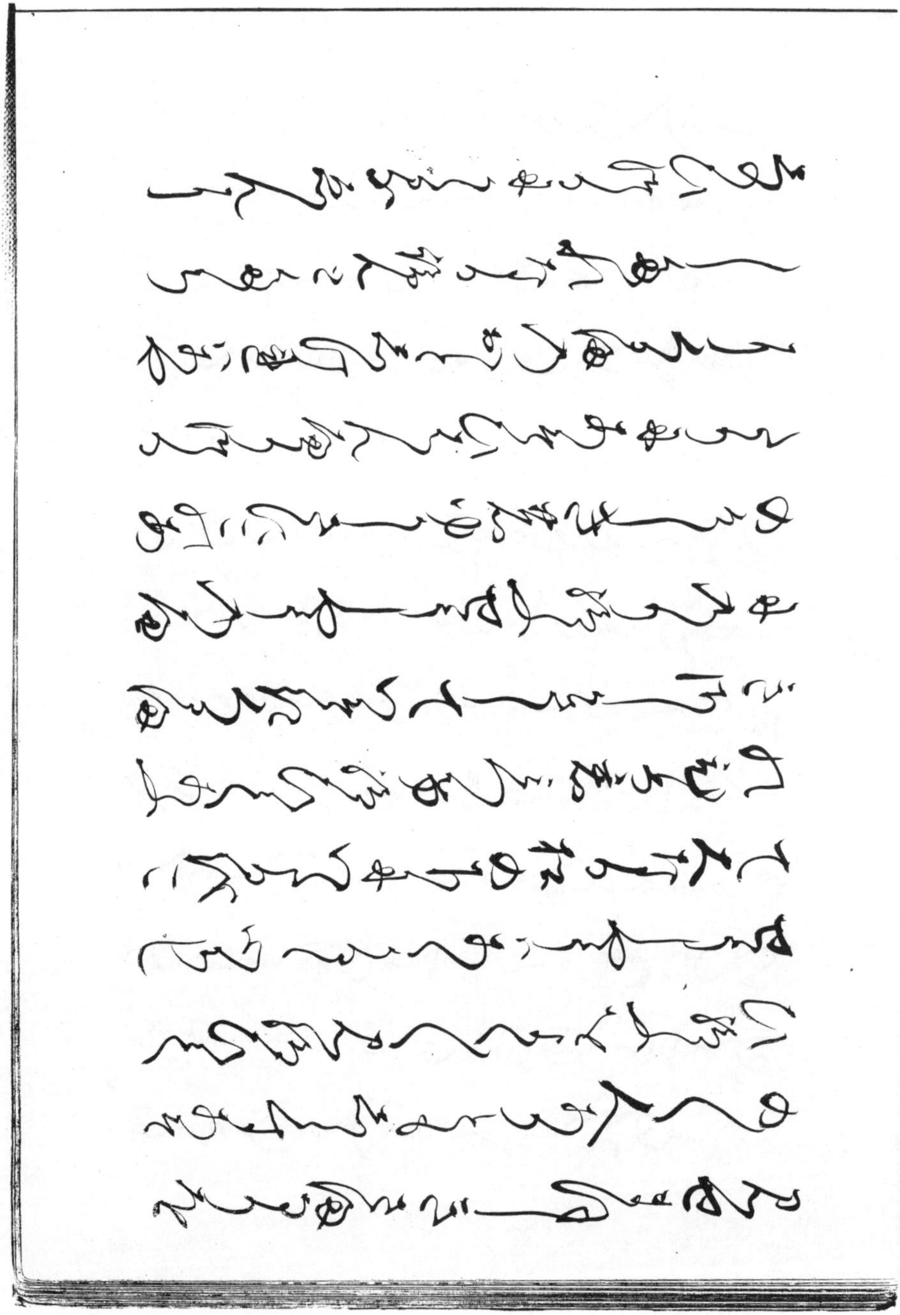

まつのあひぬるいてこそあし
こゝそて
なくすゝめらやさゝつまて
野ゝ宮ありて
ゆゝのみそらの浅ふ
こゝふれし
ゆきてはおもひなすの中なる
みニところの中へとゆる
なくて中のことはひとへ
とされとこゝ極ゆきは中
れことをそへてそこひ
ろすりて小中れこと
めくおのやすのともえて

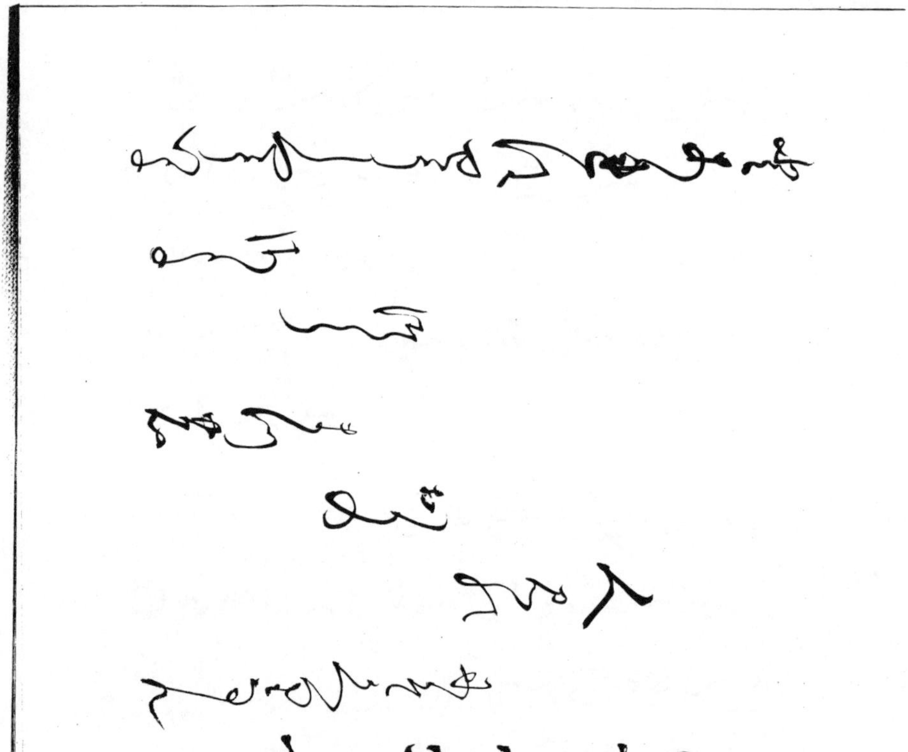

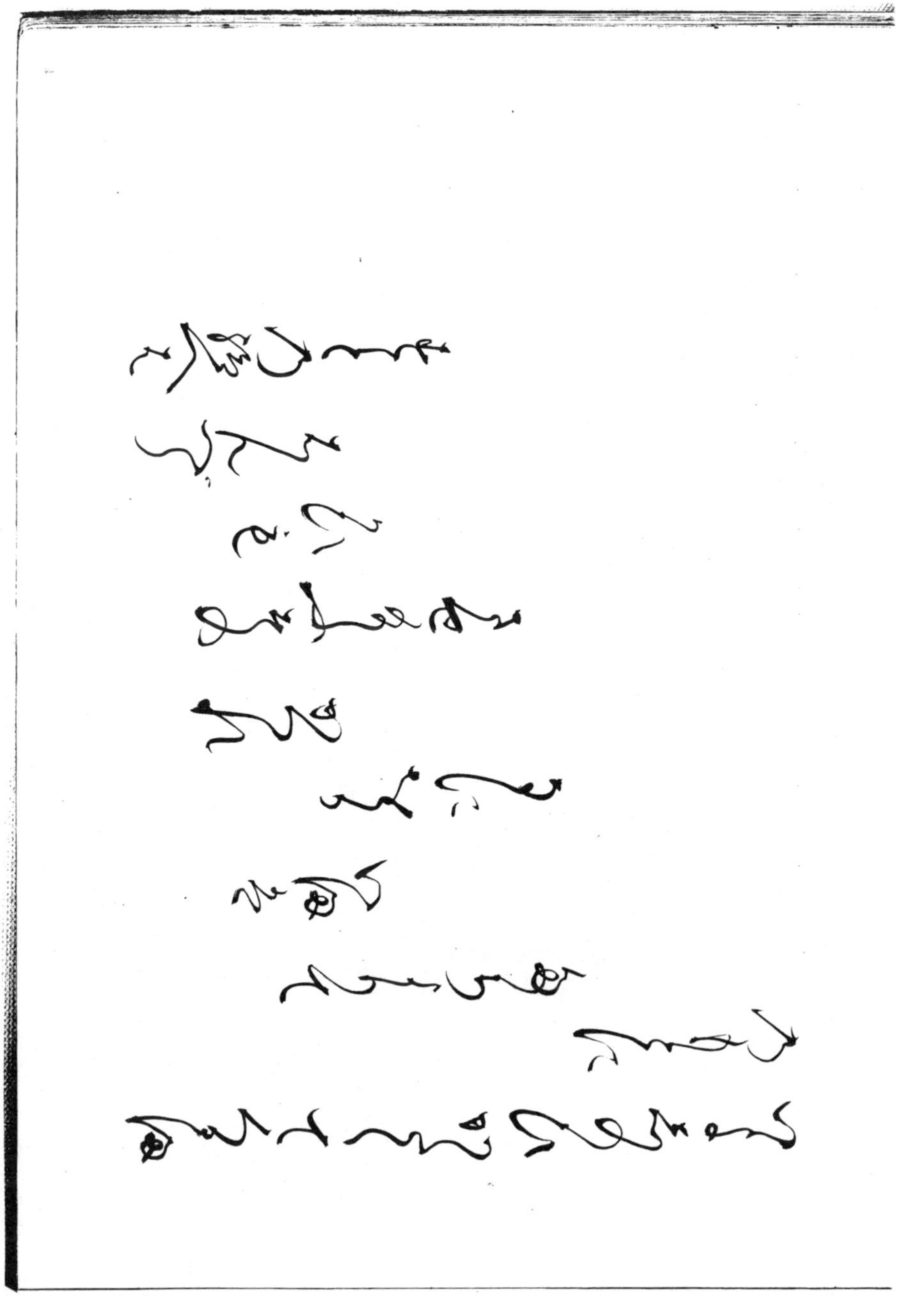

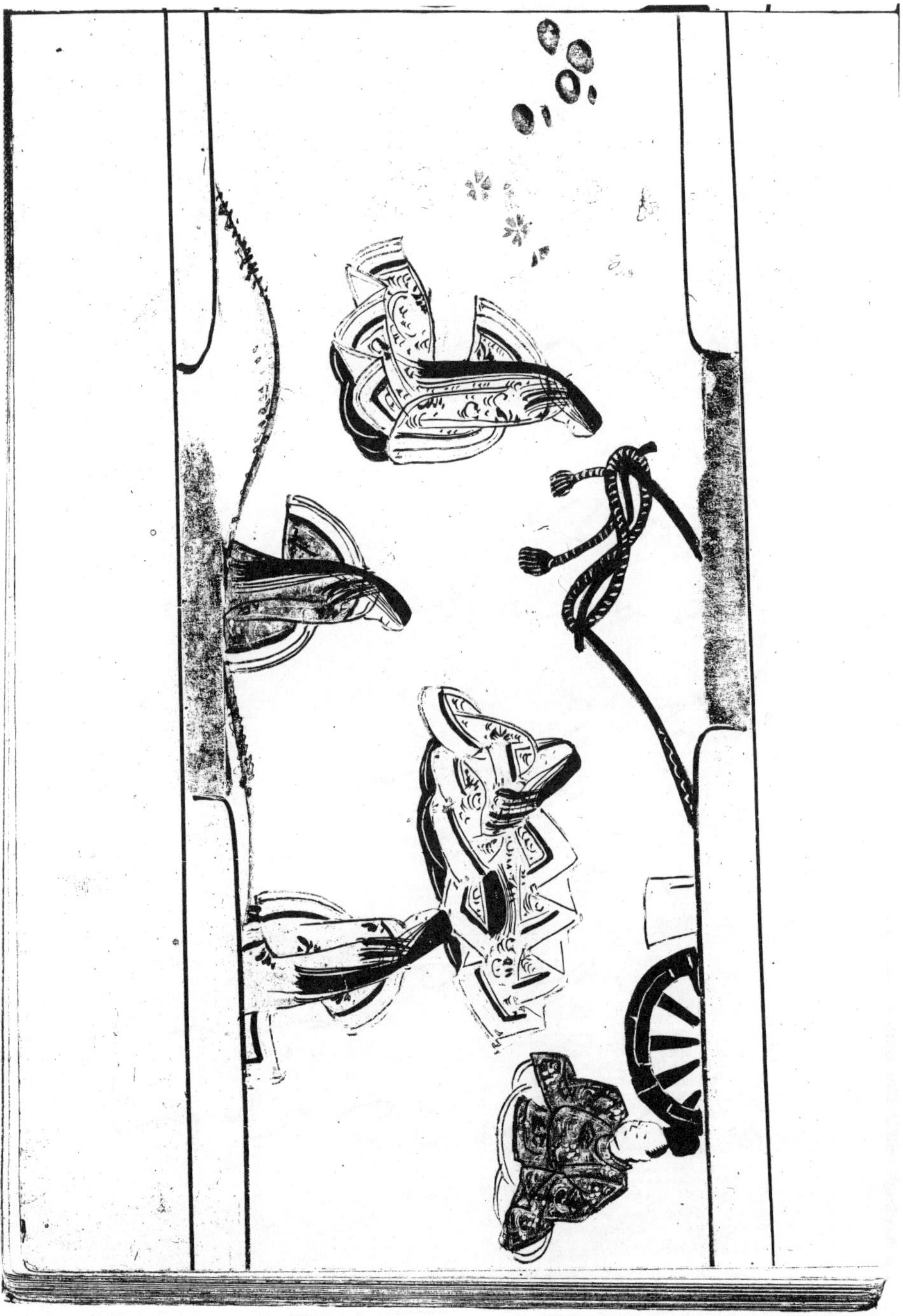

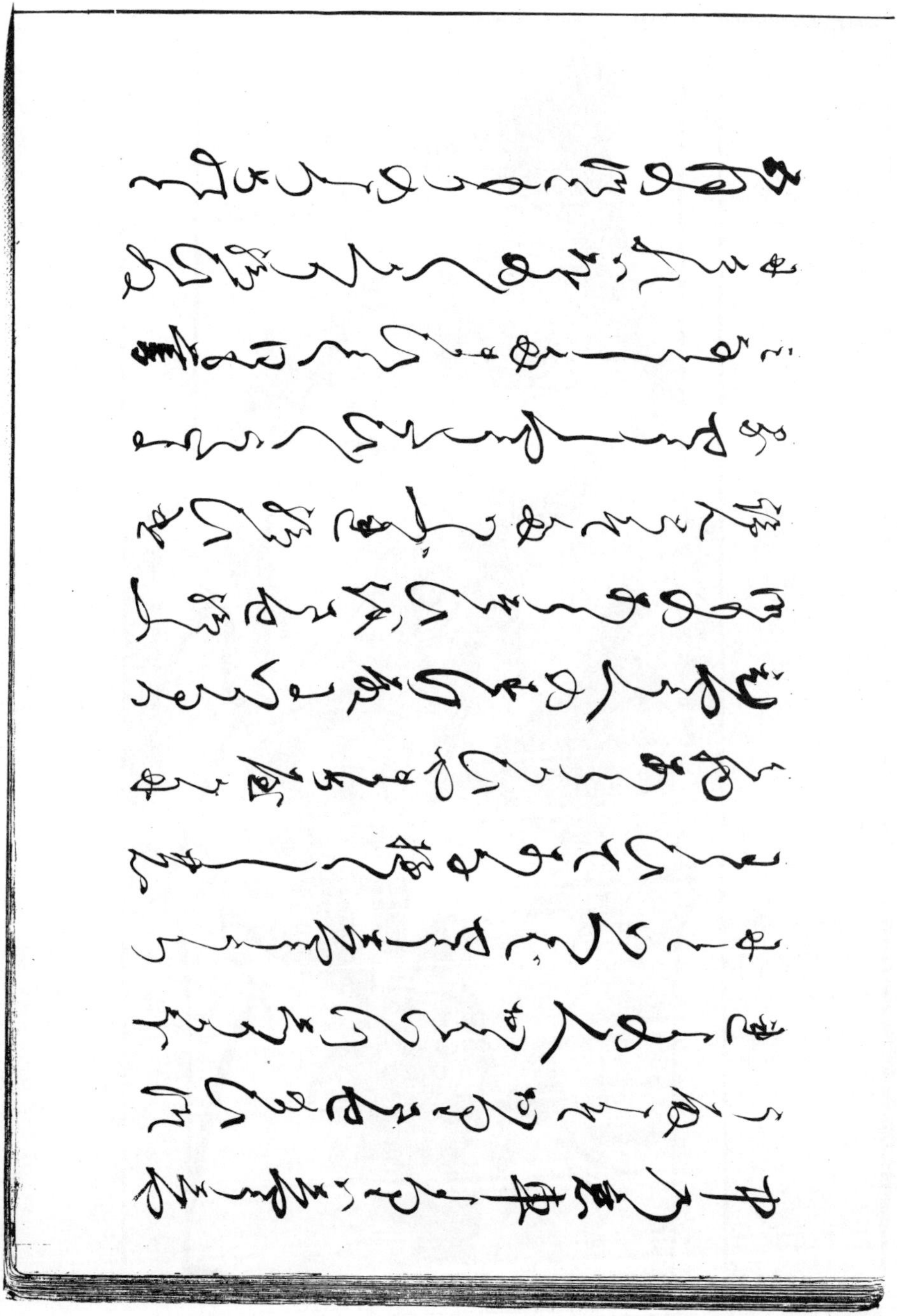

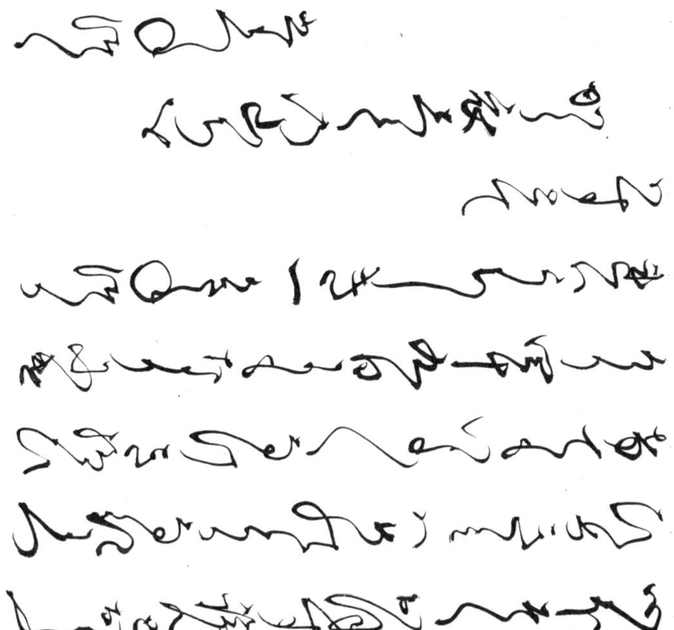

まれなることし給へ
とはなん
こゝろみさせて扇りたまひ
ぬきはちうきとわる
あくつよくるれうろう
くいてるゝそて七月なり
よろみまうりぬきは剣ち
忘ようひ行すうるを
めしうけ秋のうしき月
のいろさへてやあはれなるに
ろうすれらとひあまやく
るれかうにやうあらしぬ
ちこそてあうとひてし

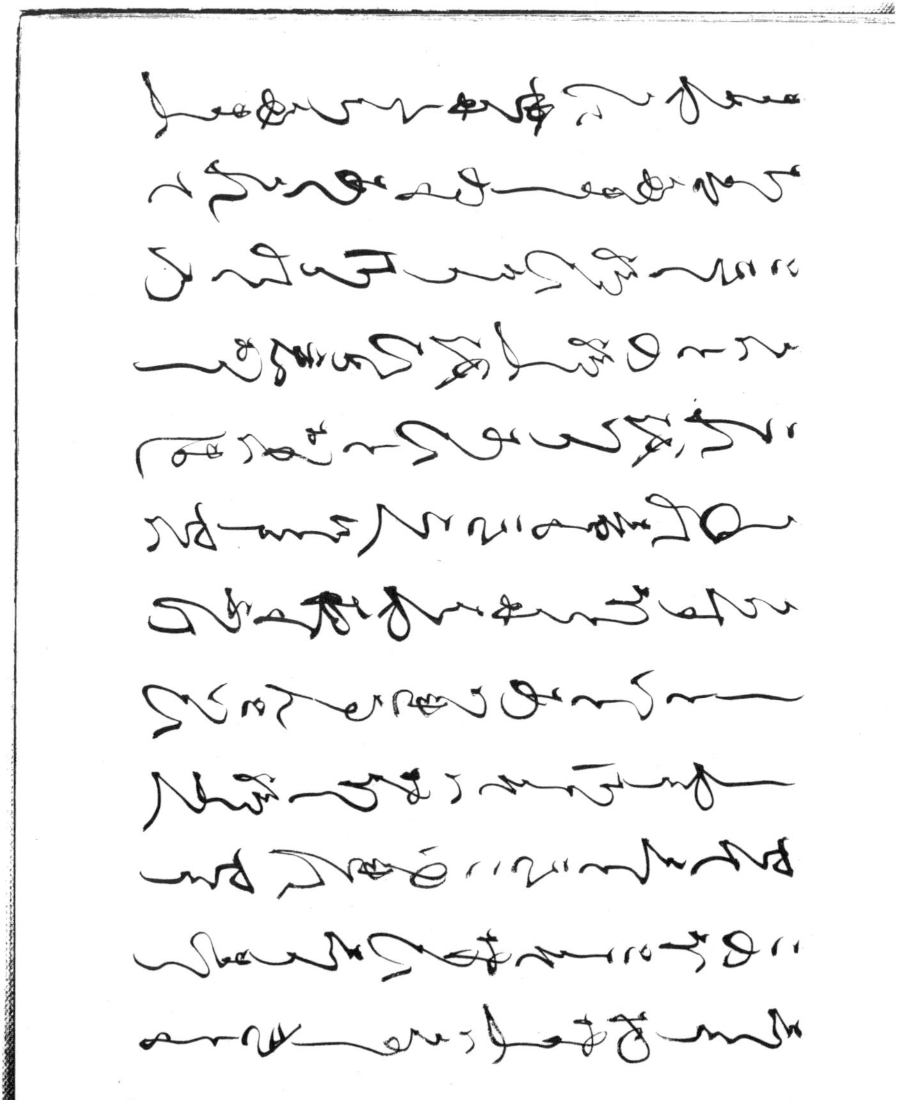

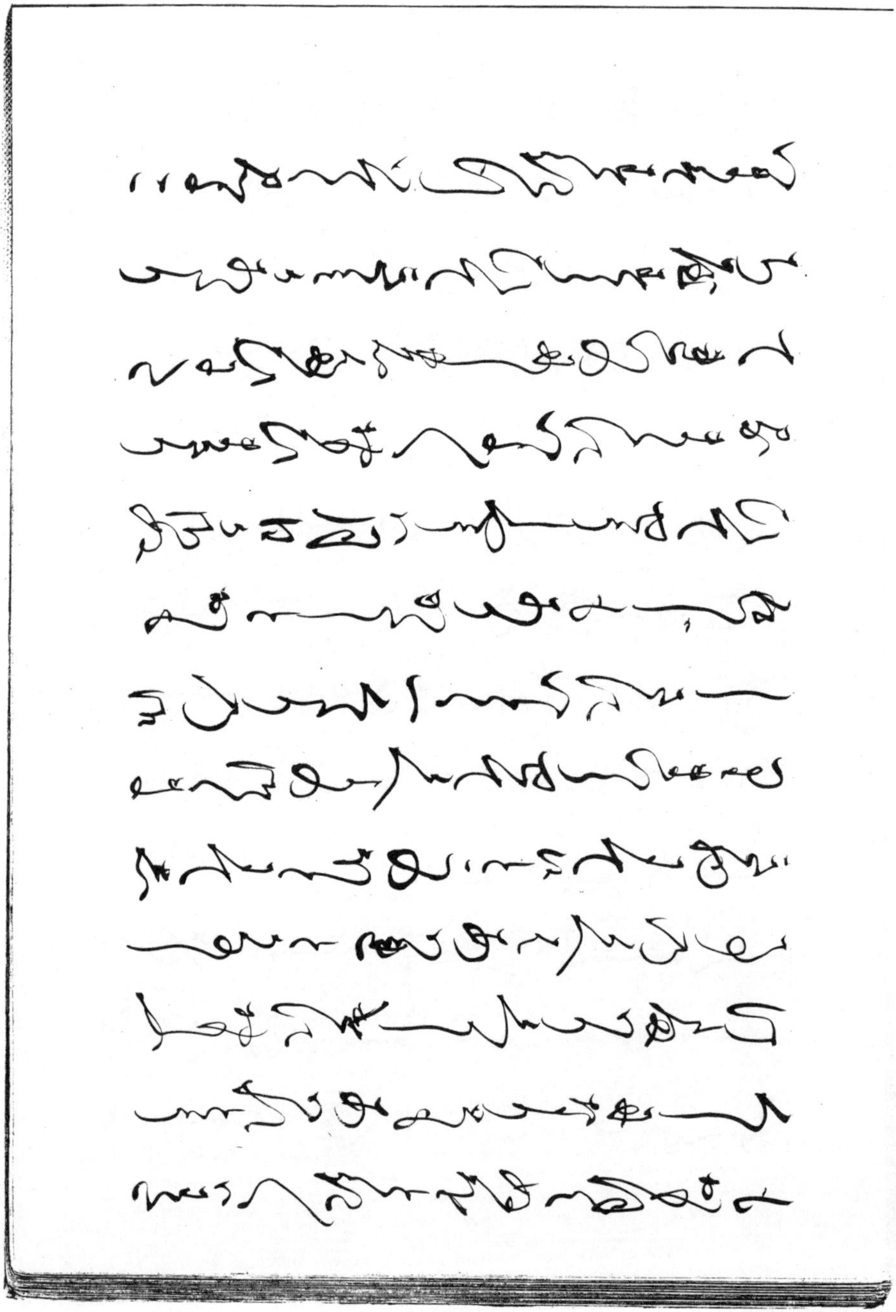

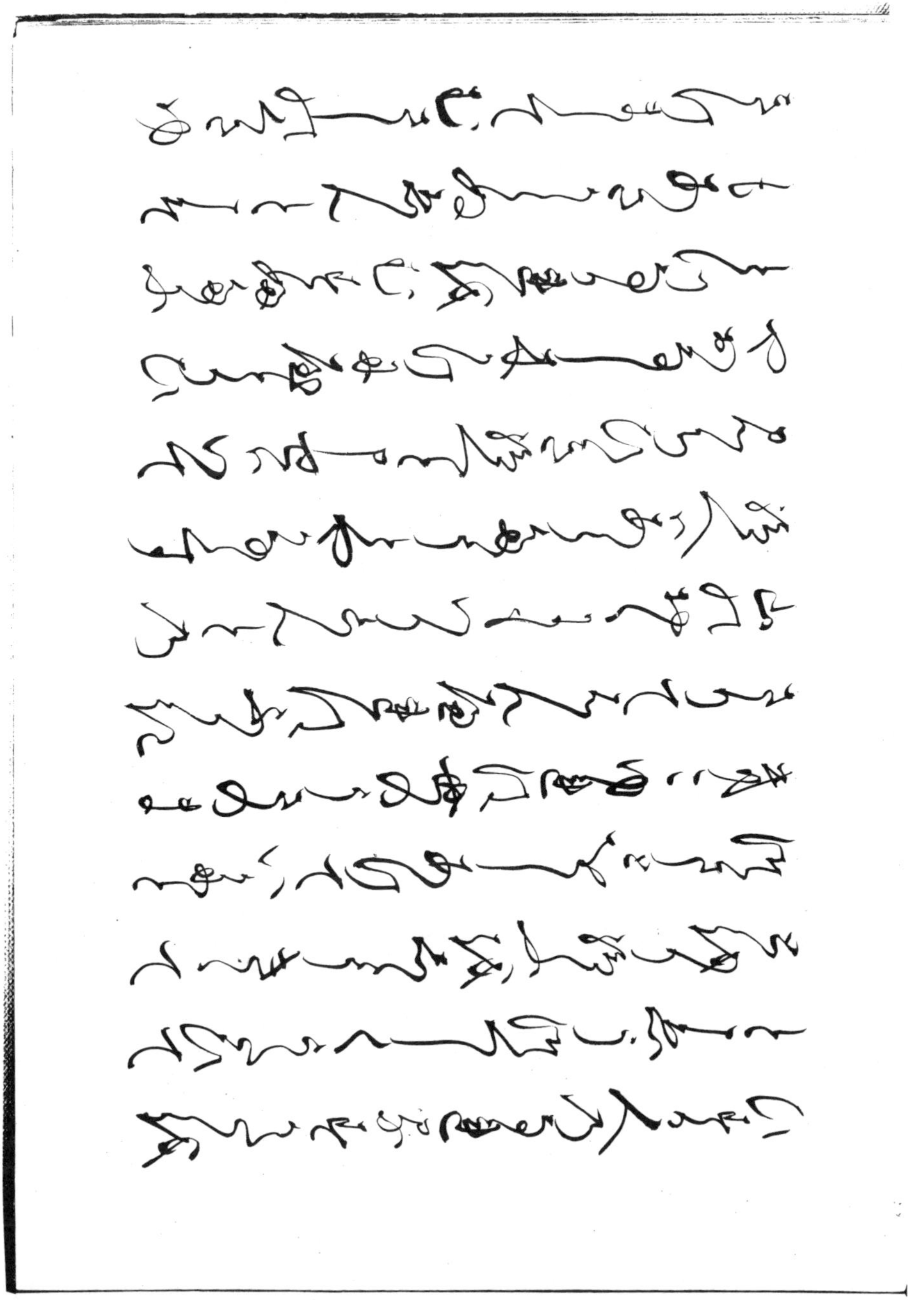

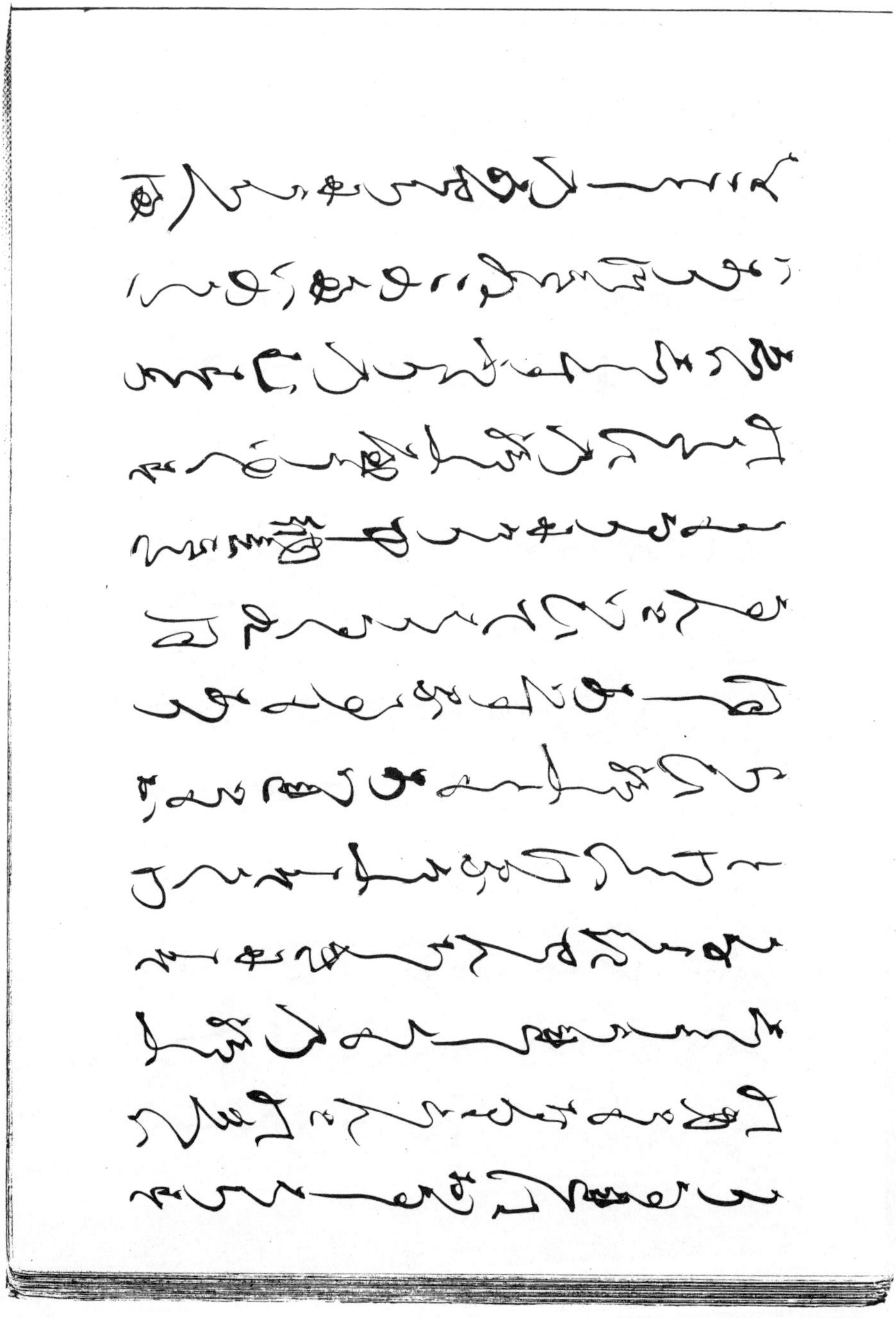

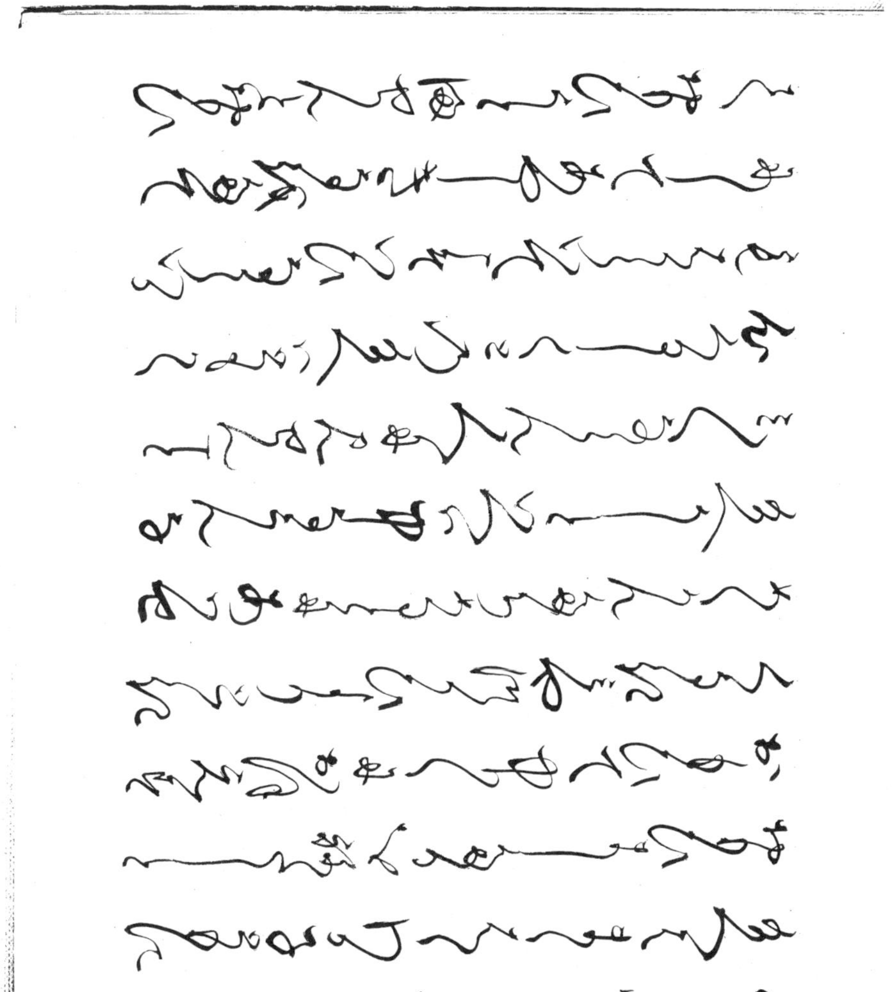

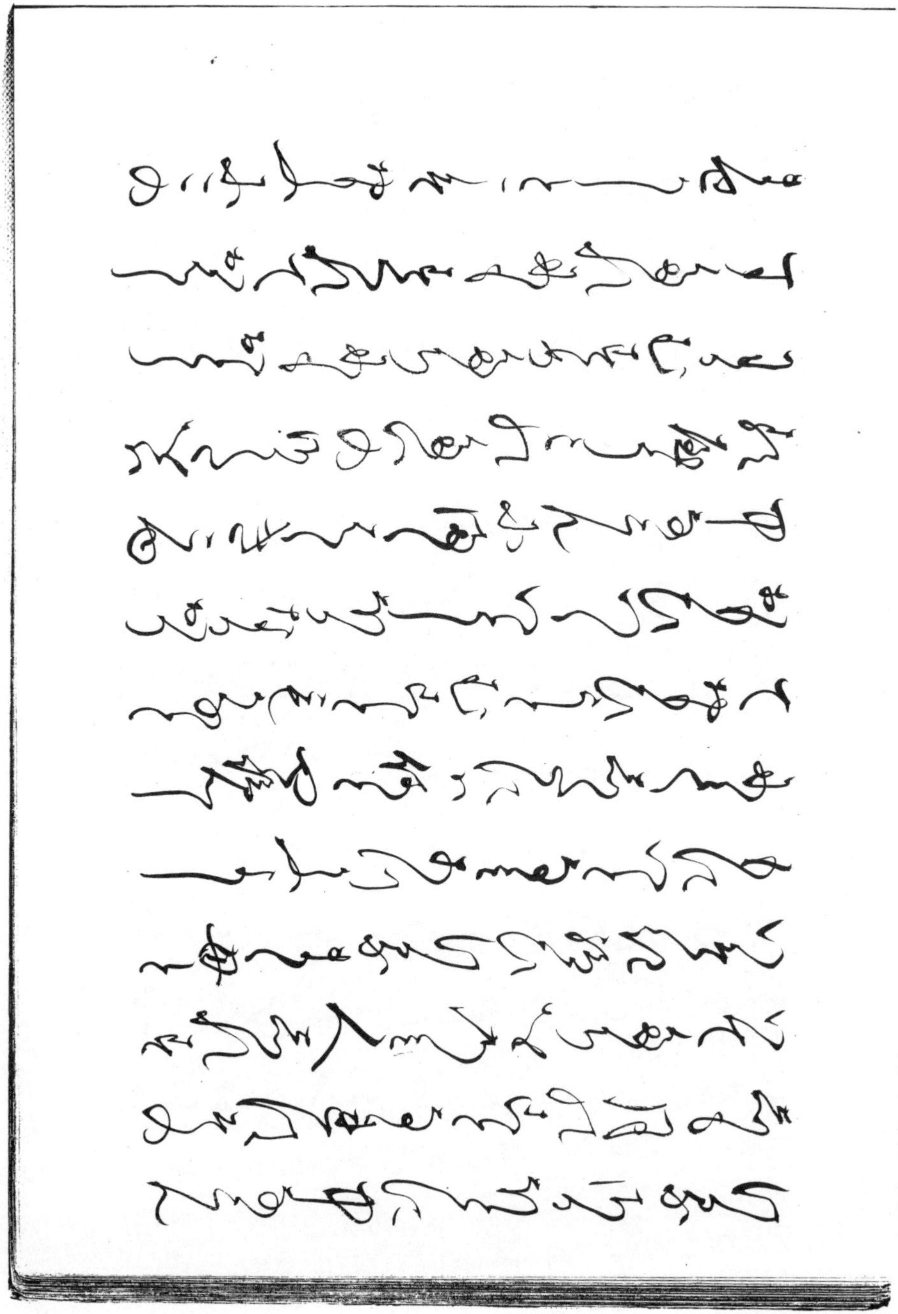

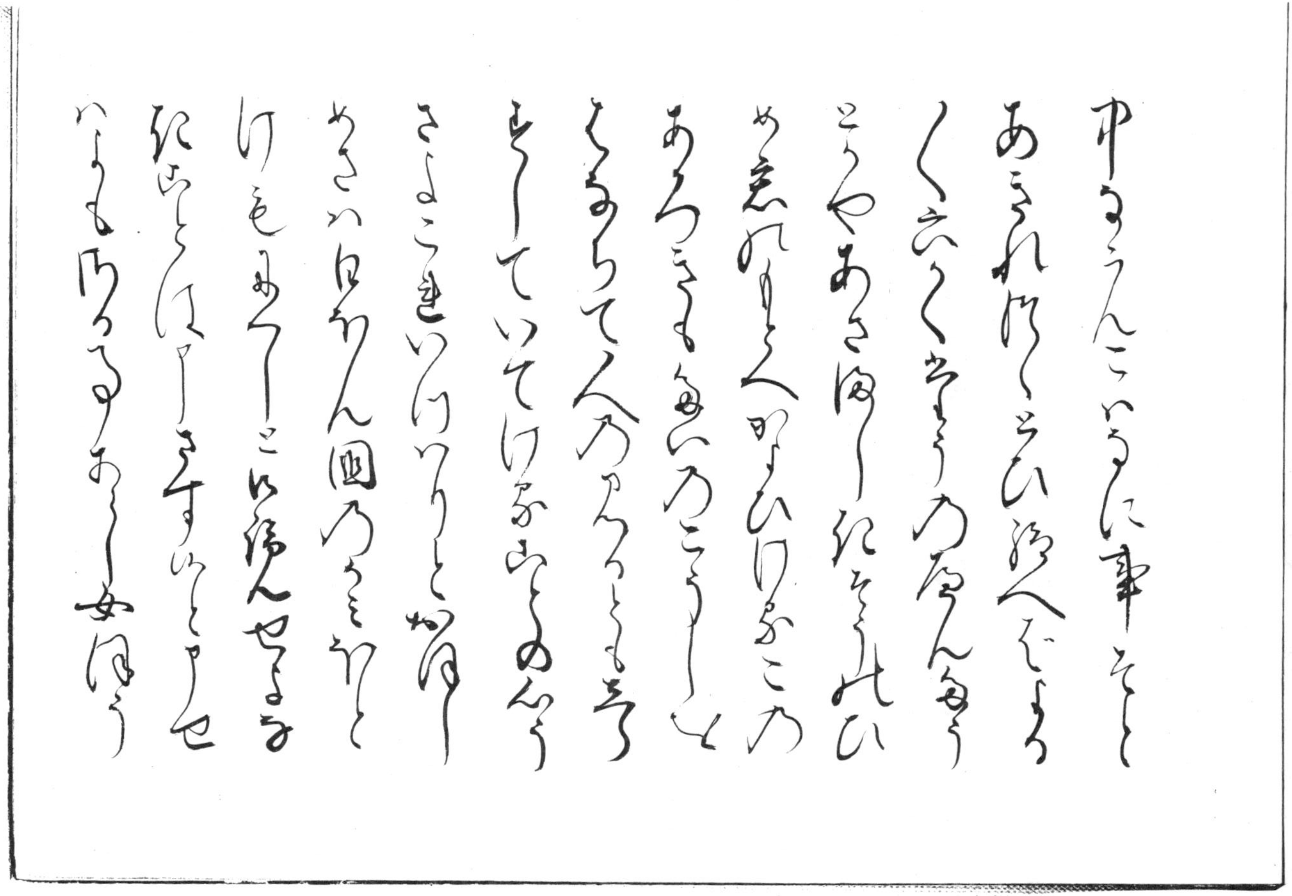

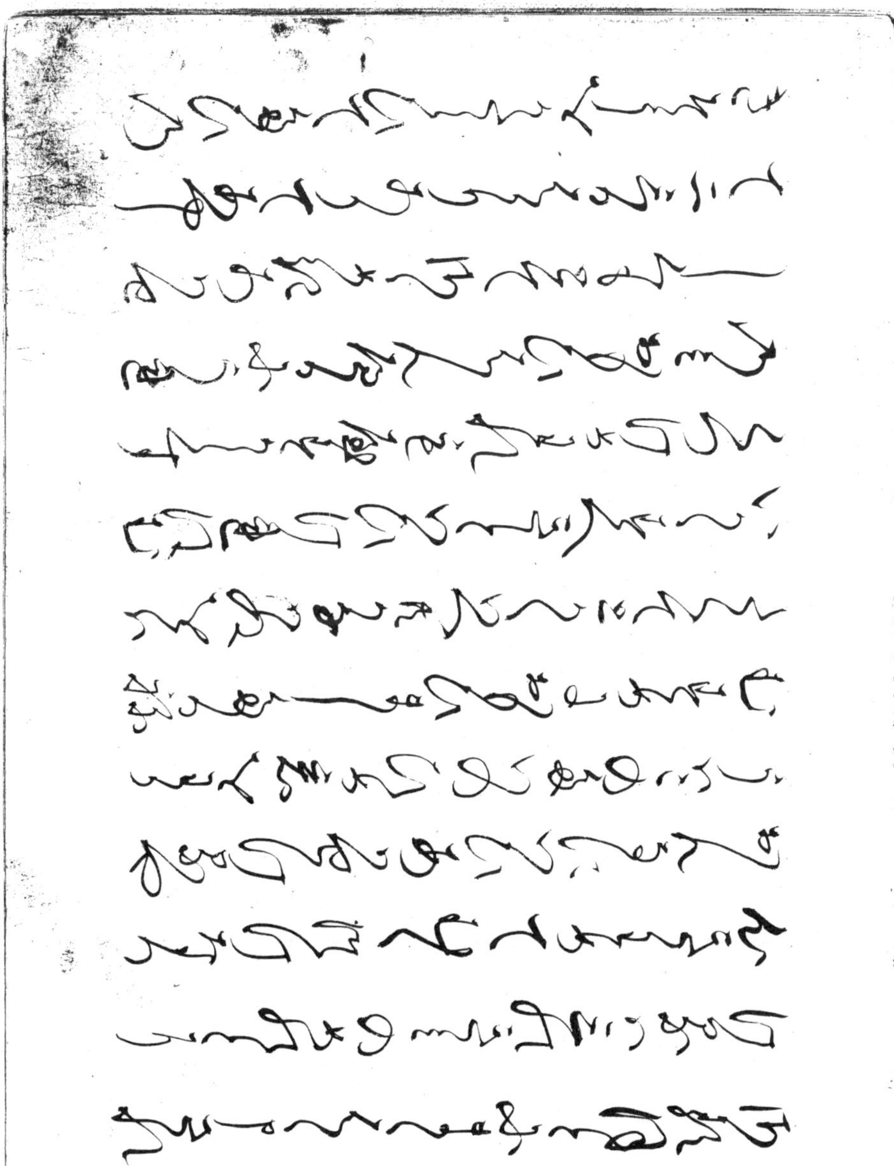

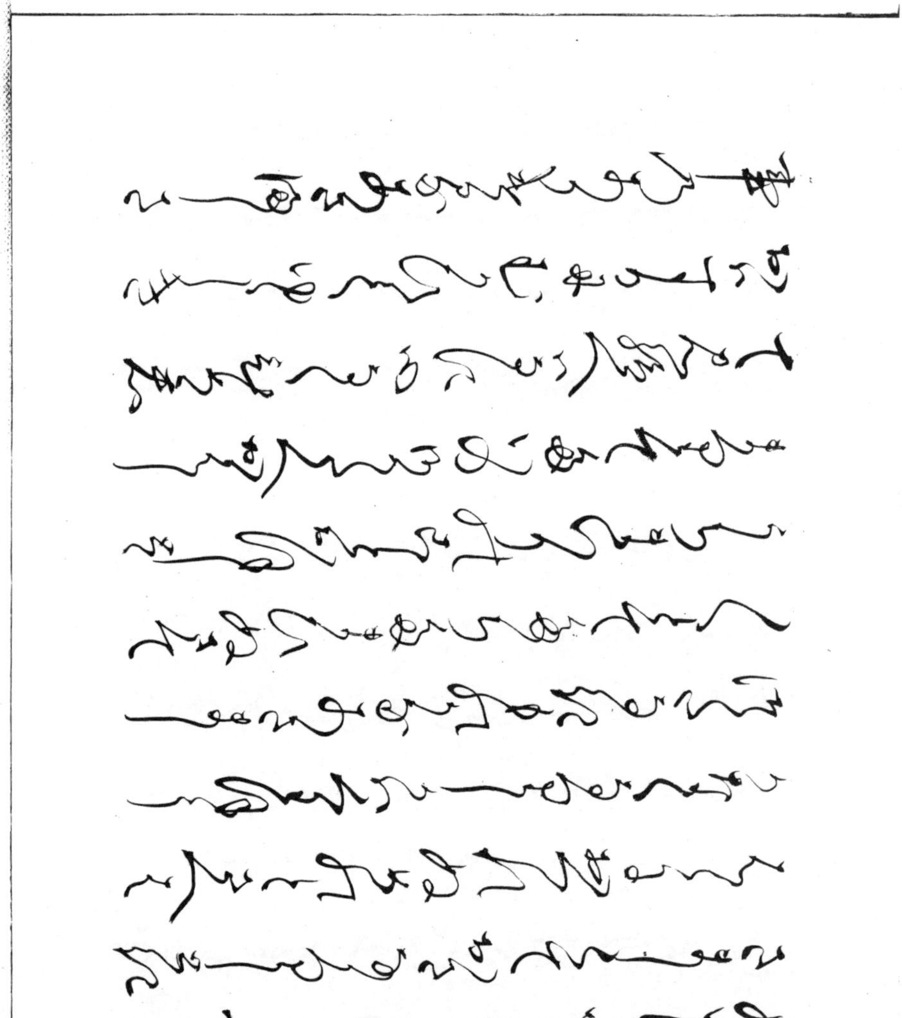

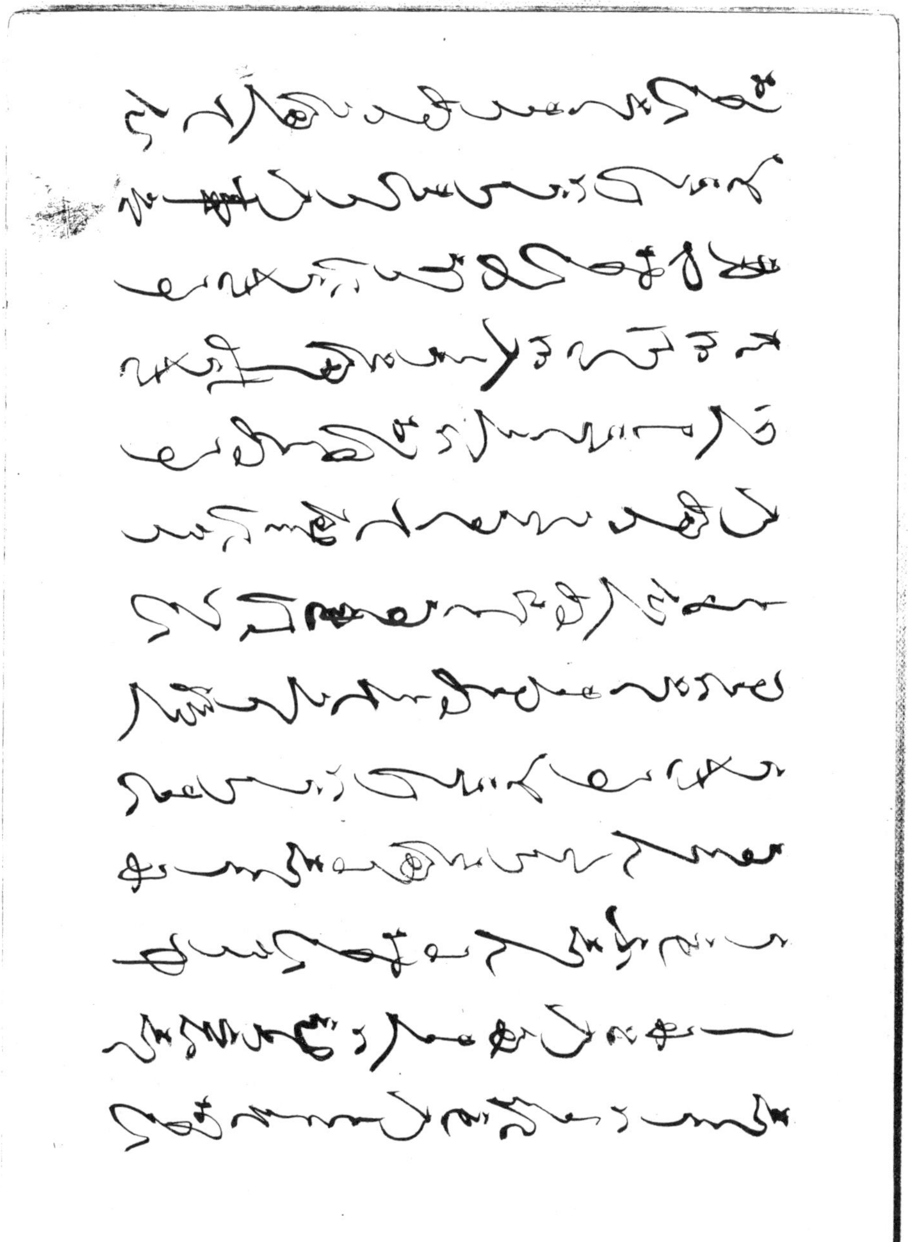

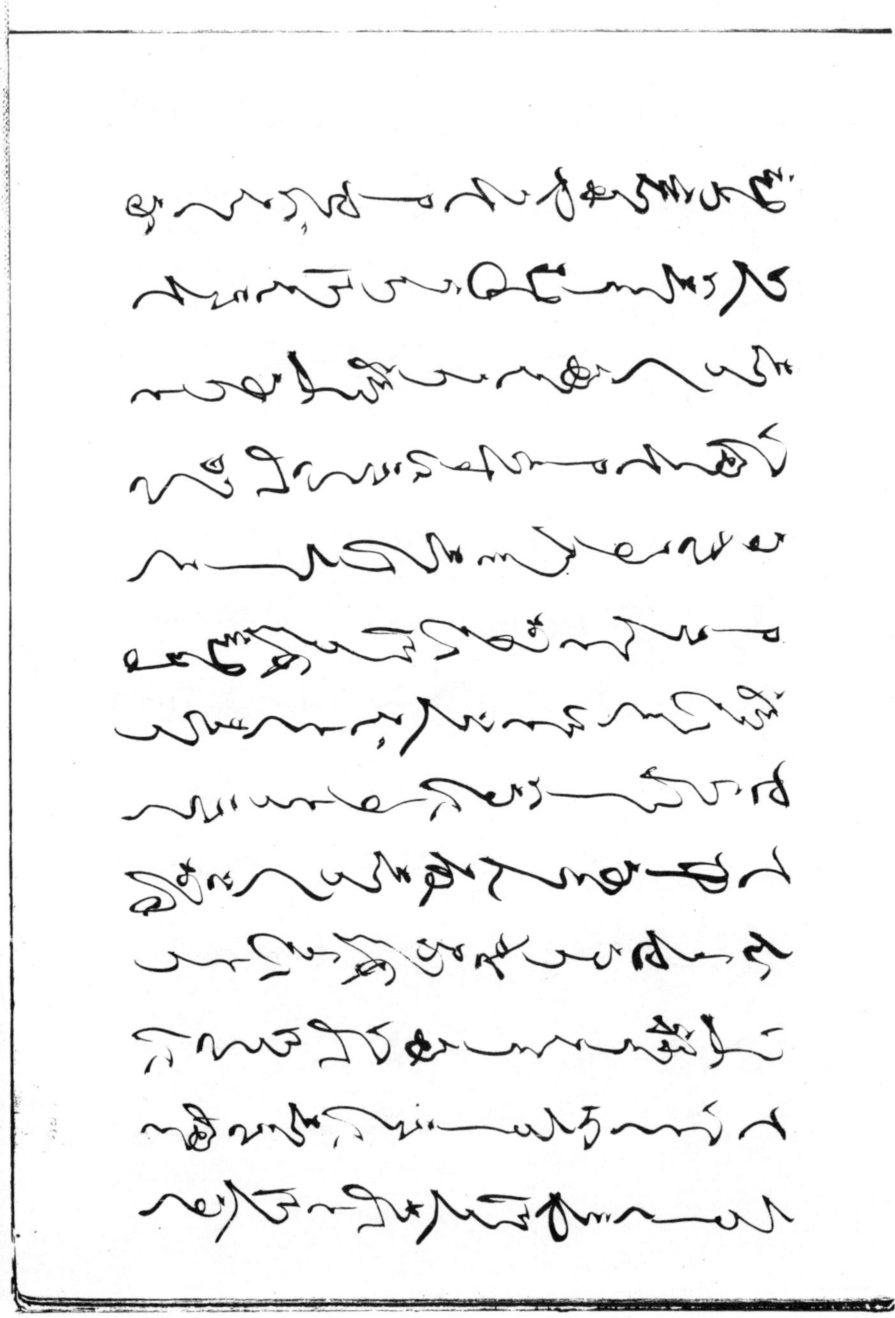

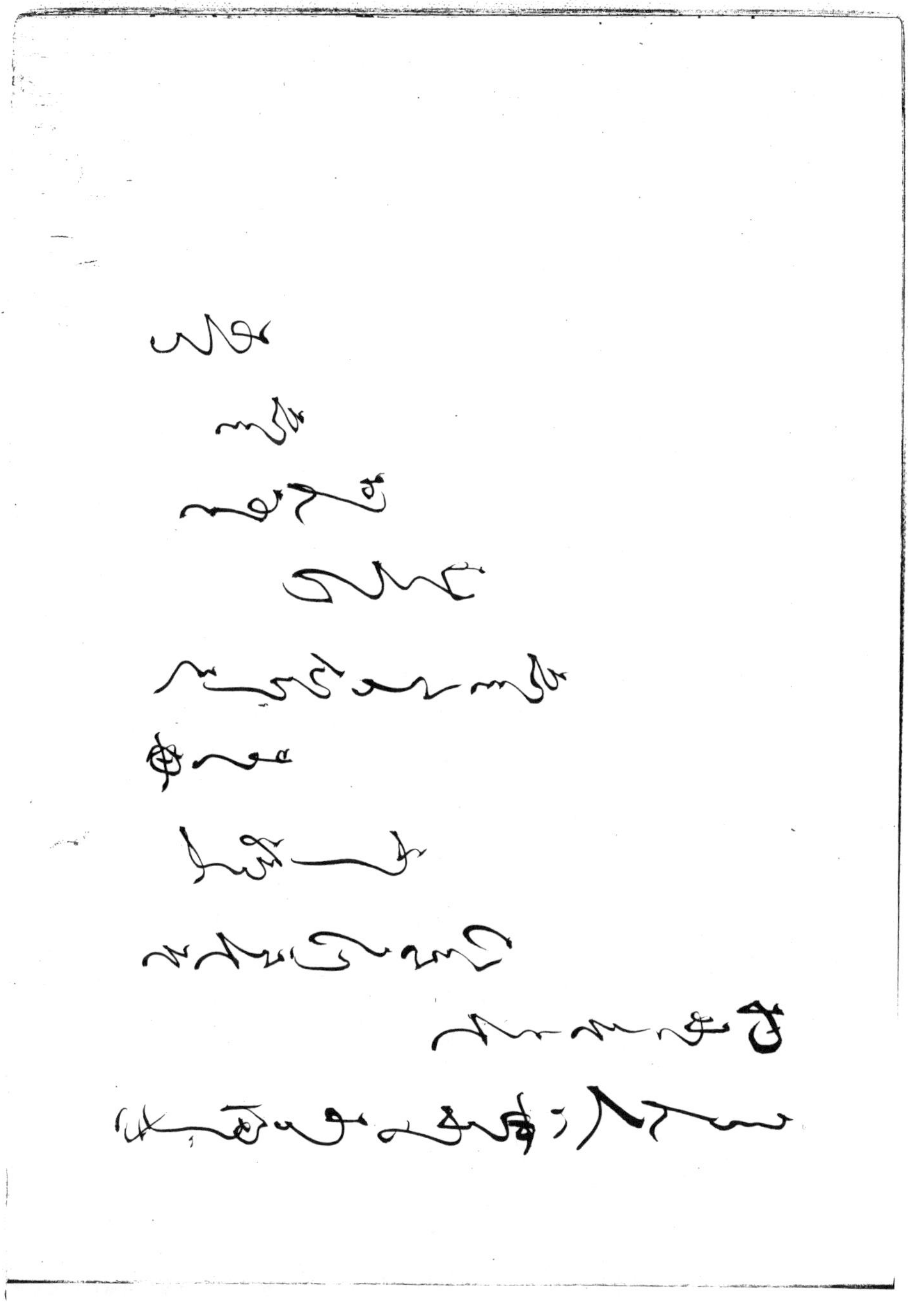

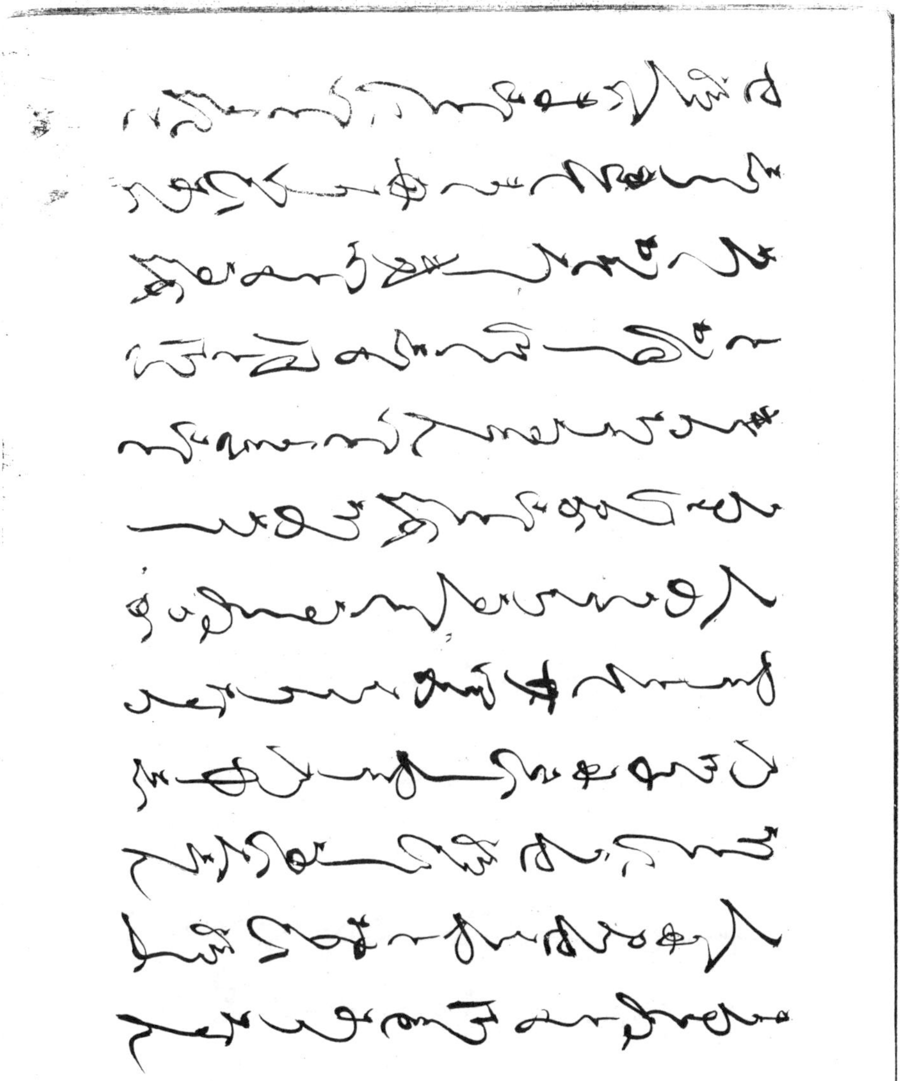

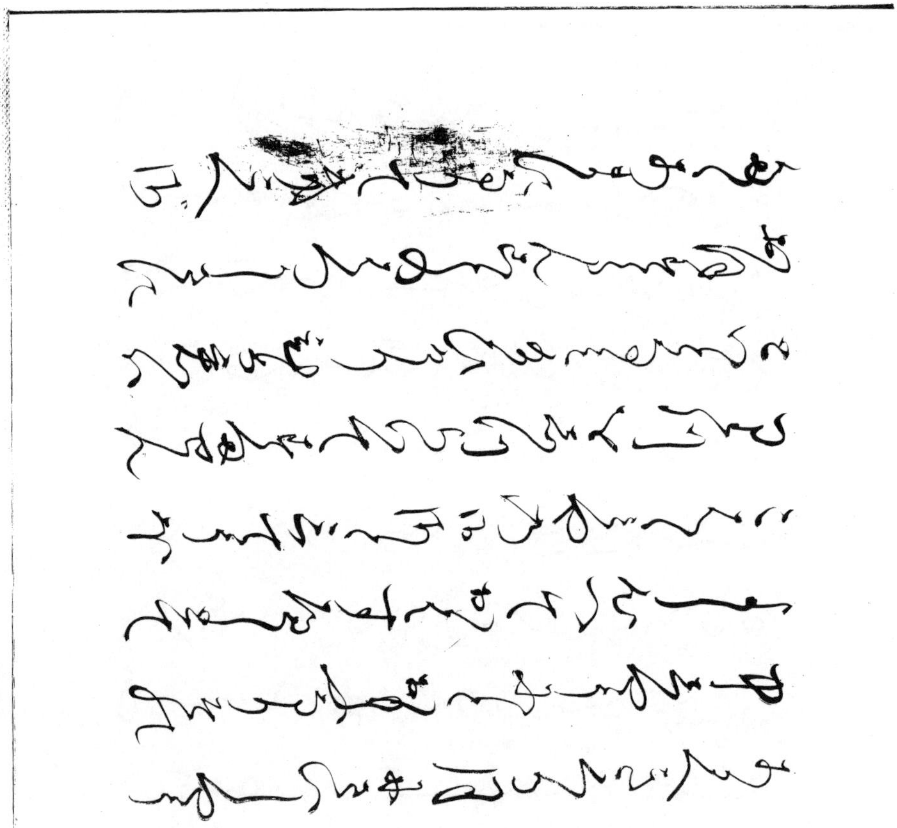

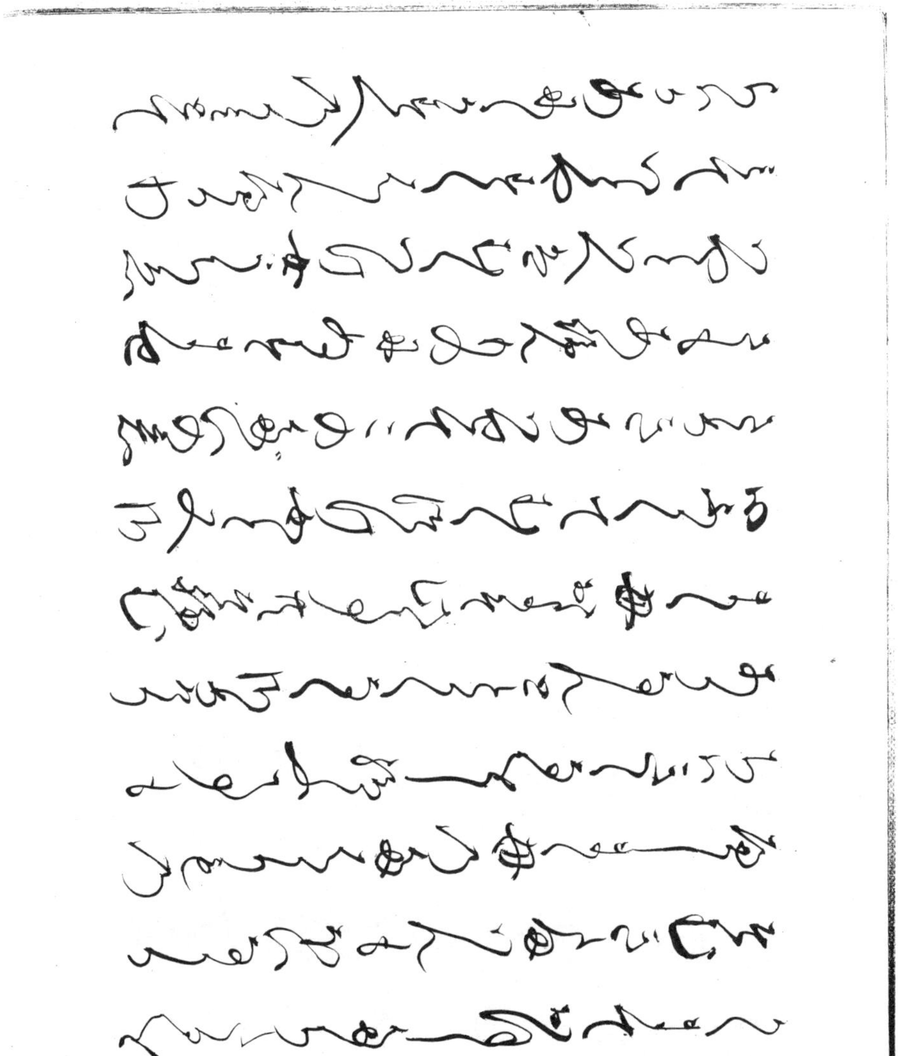

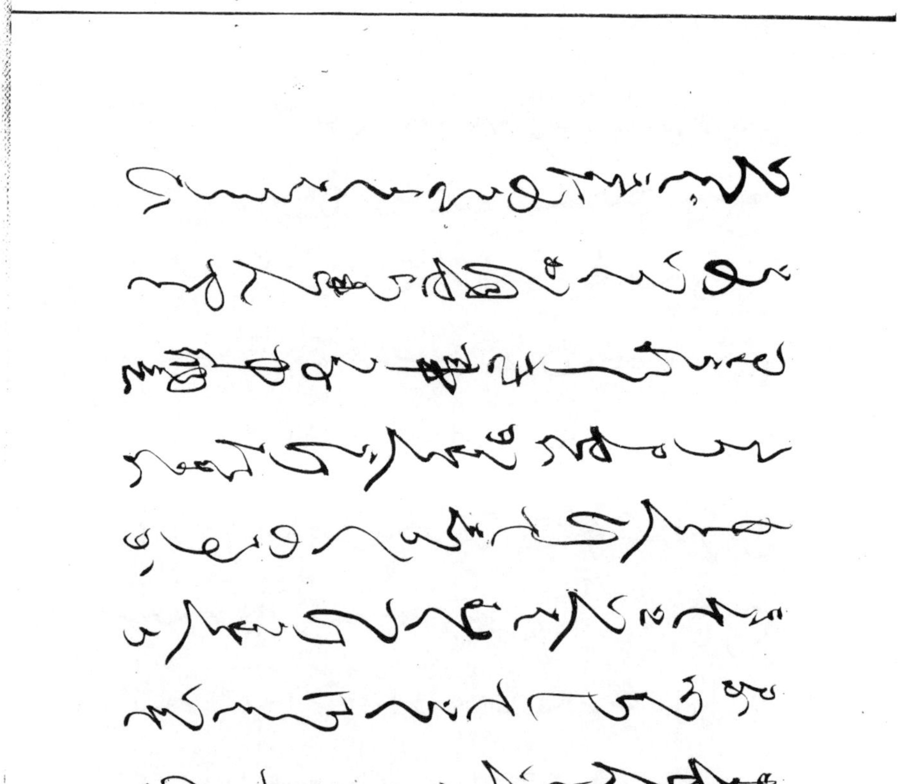

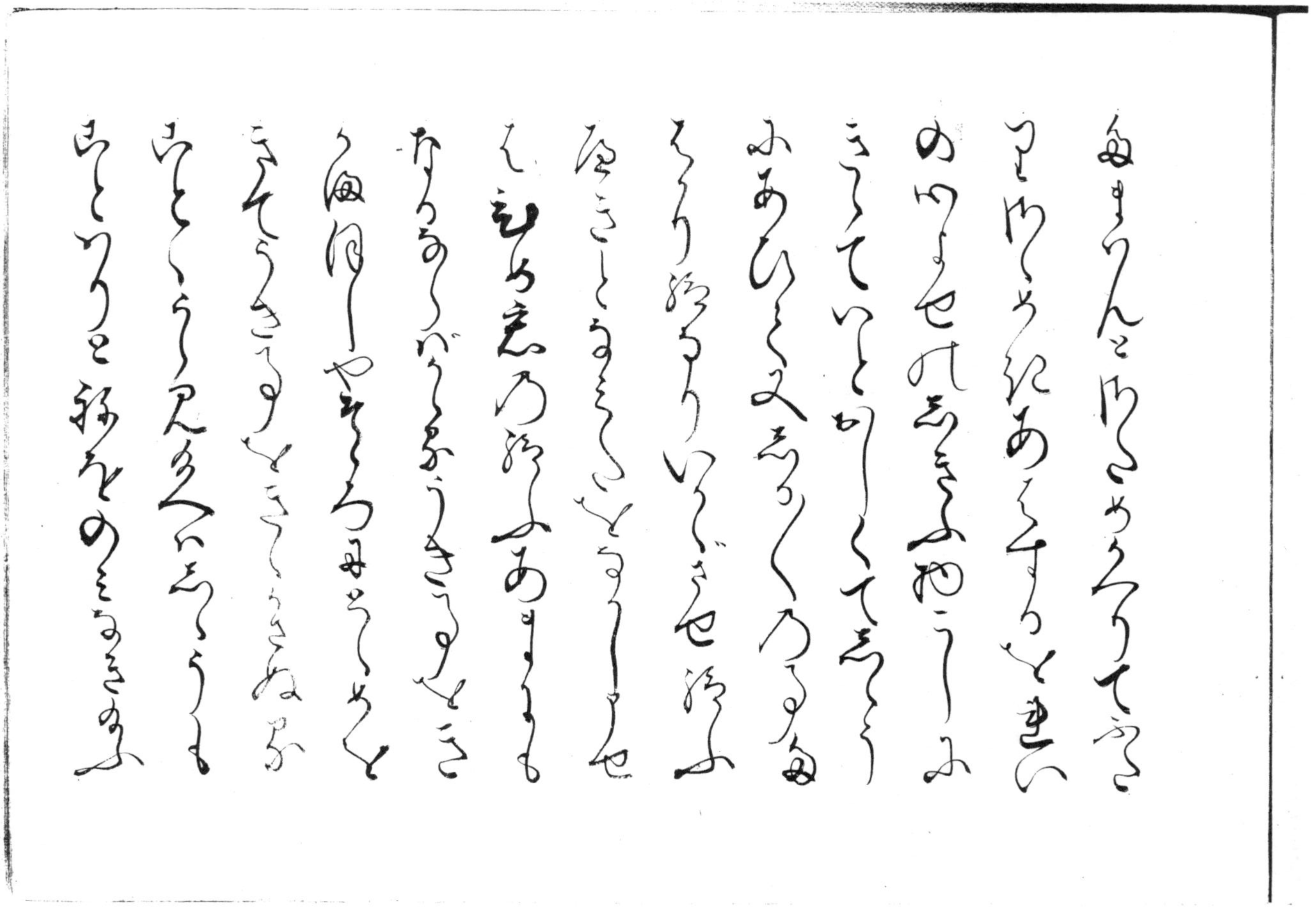

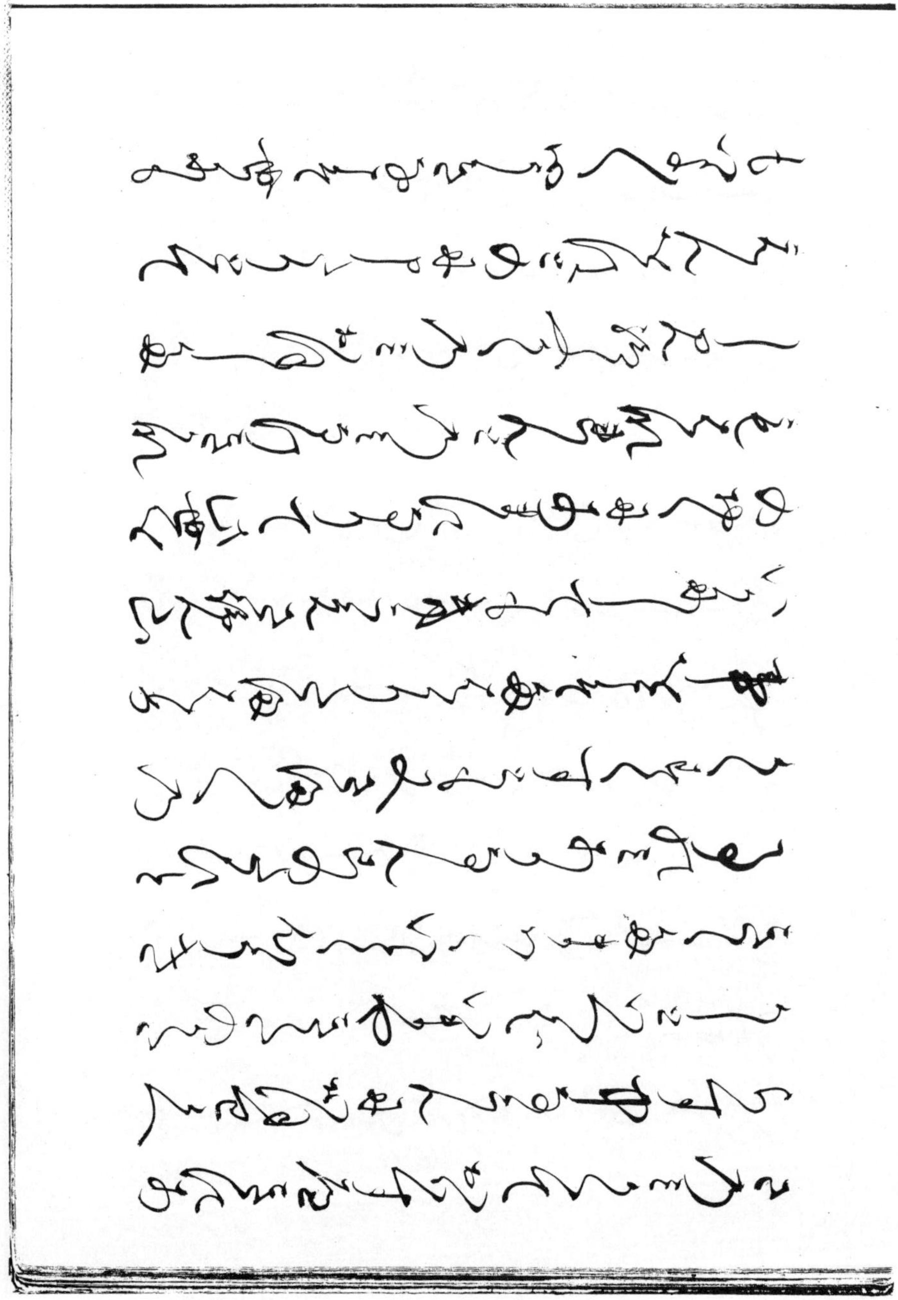

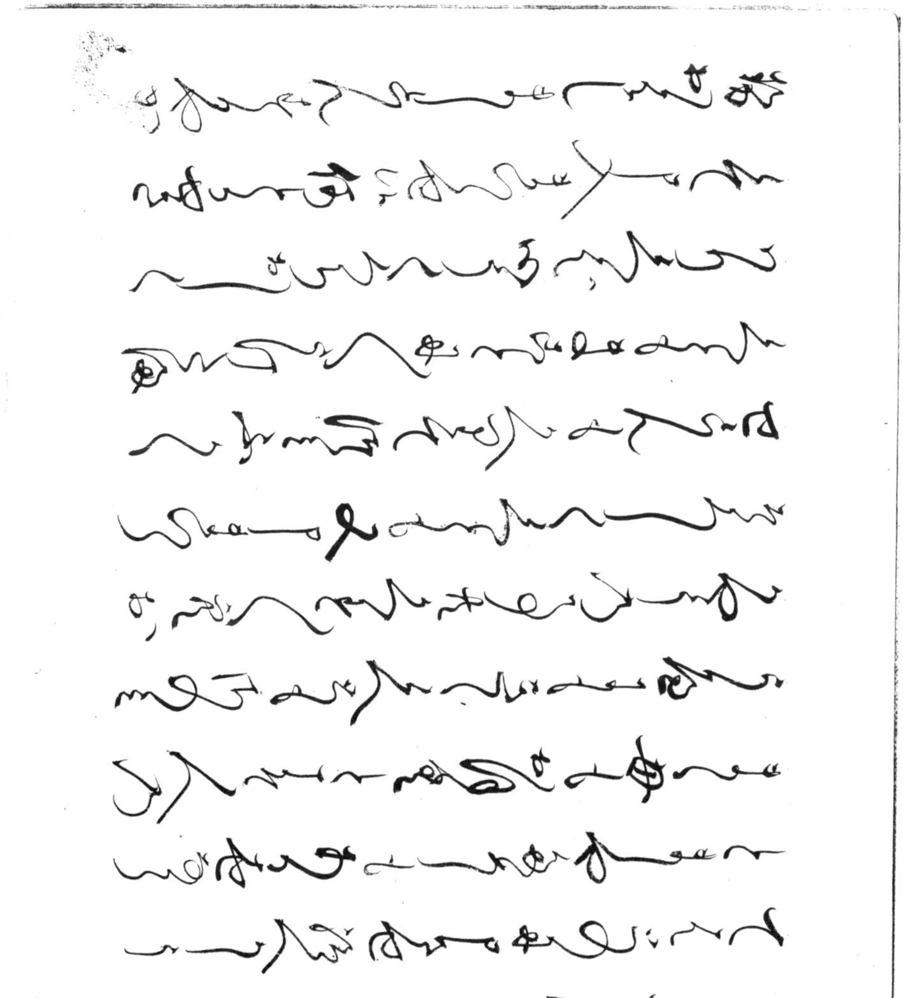

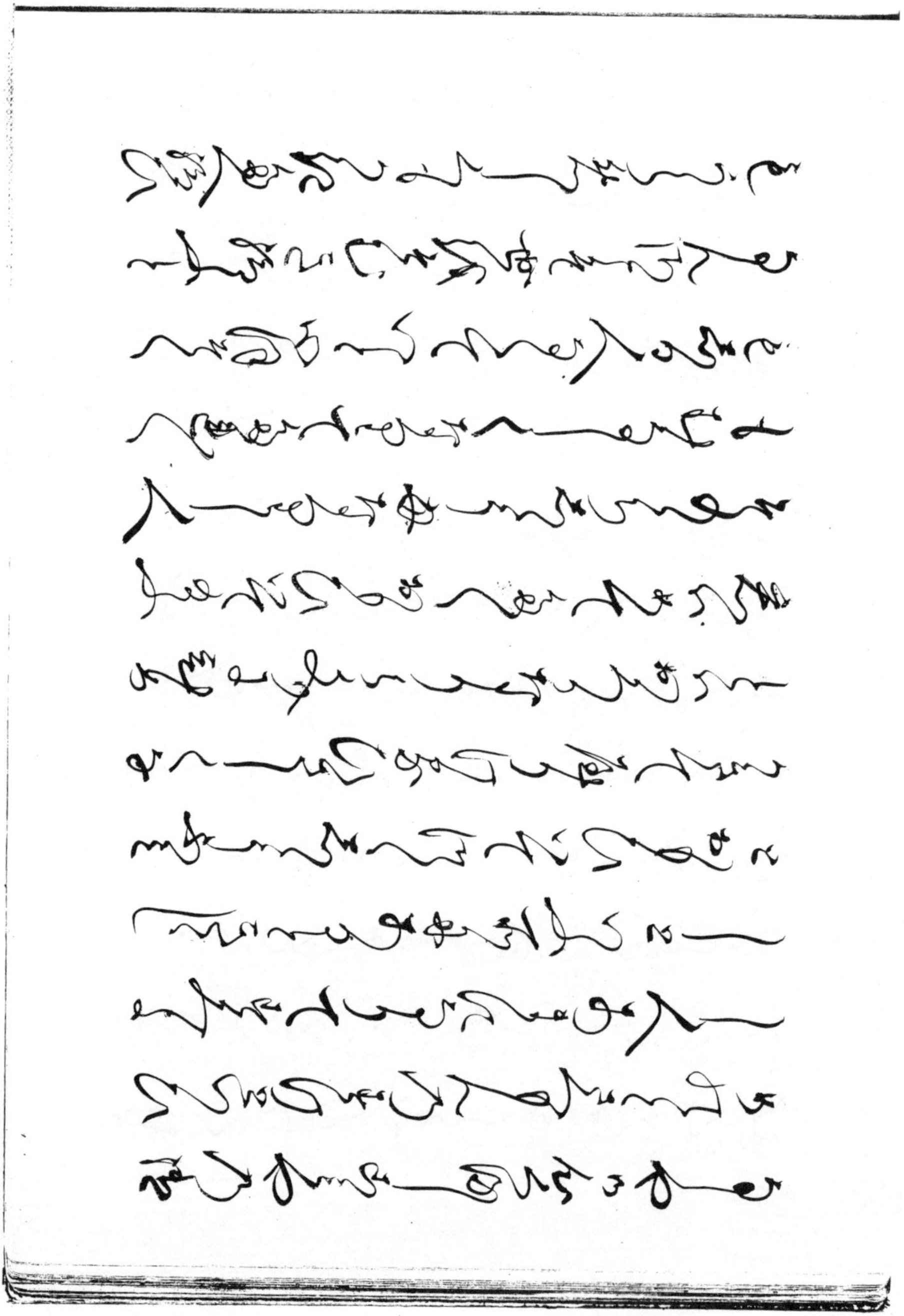

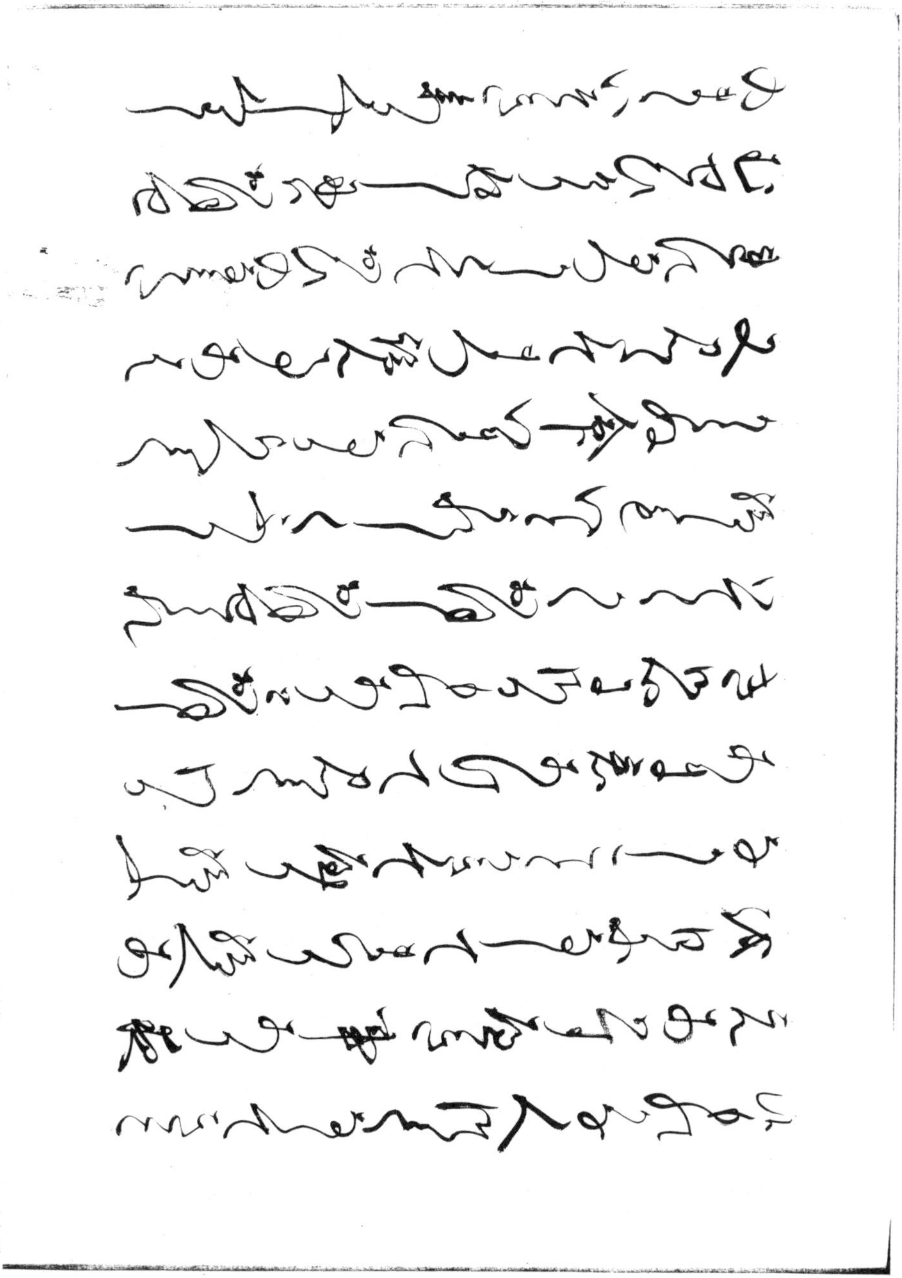

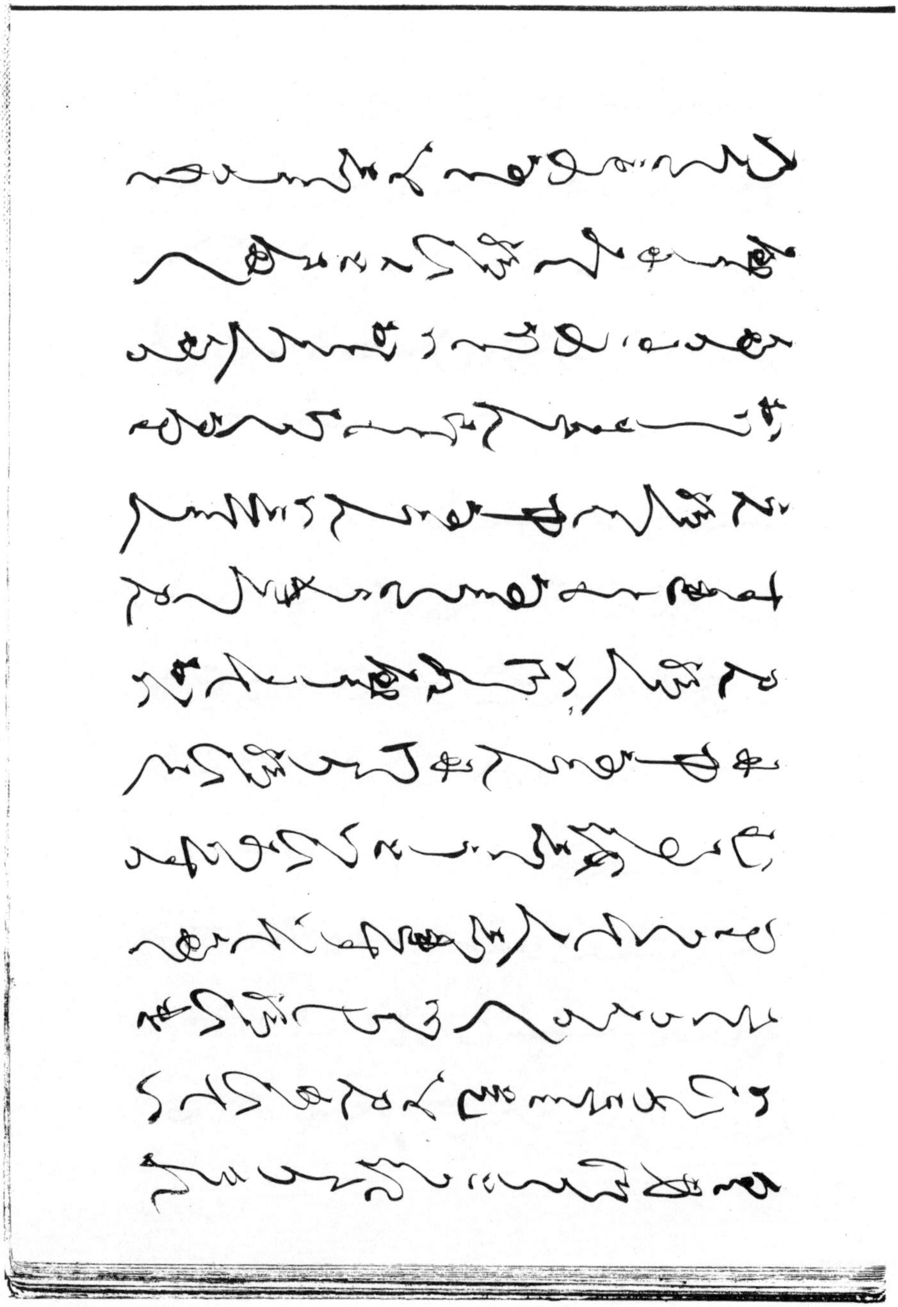

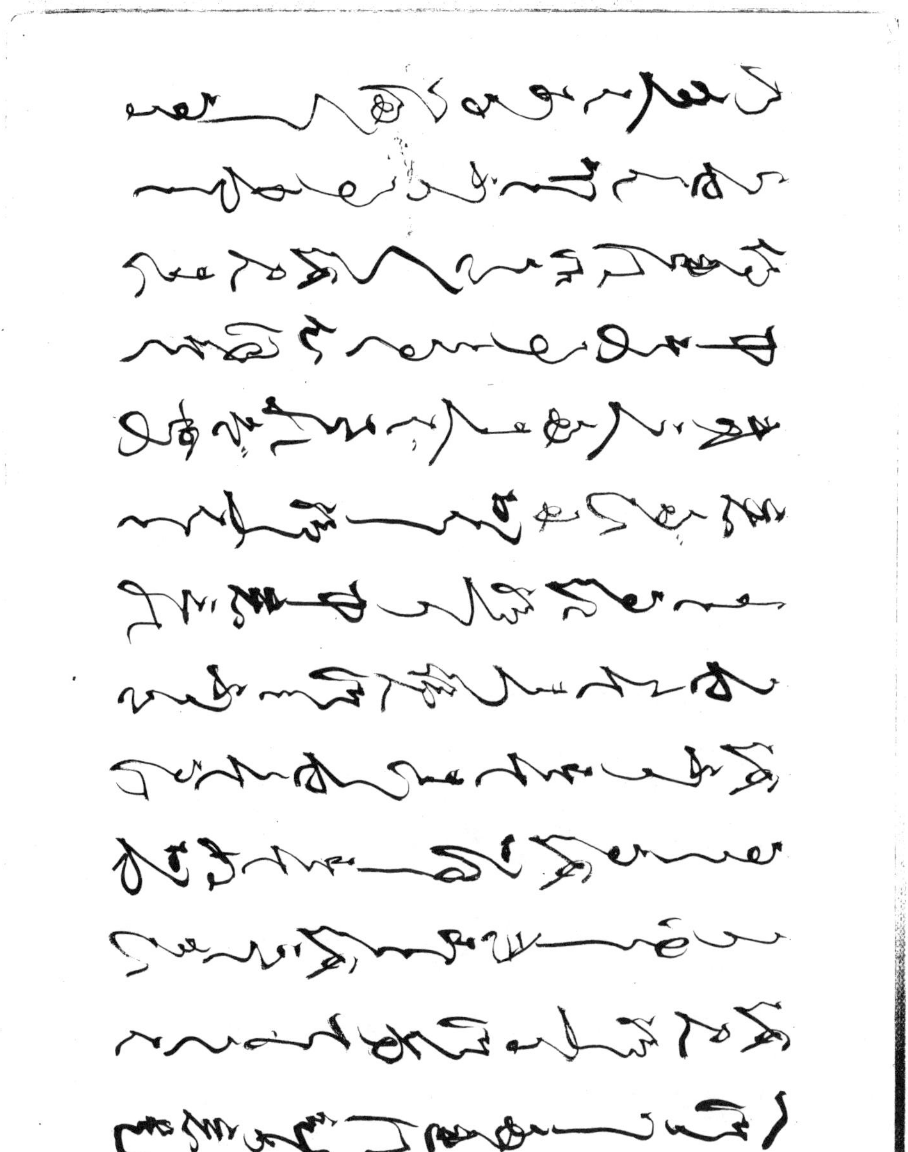

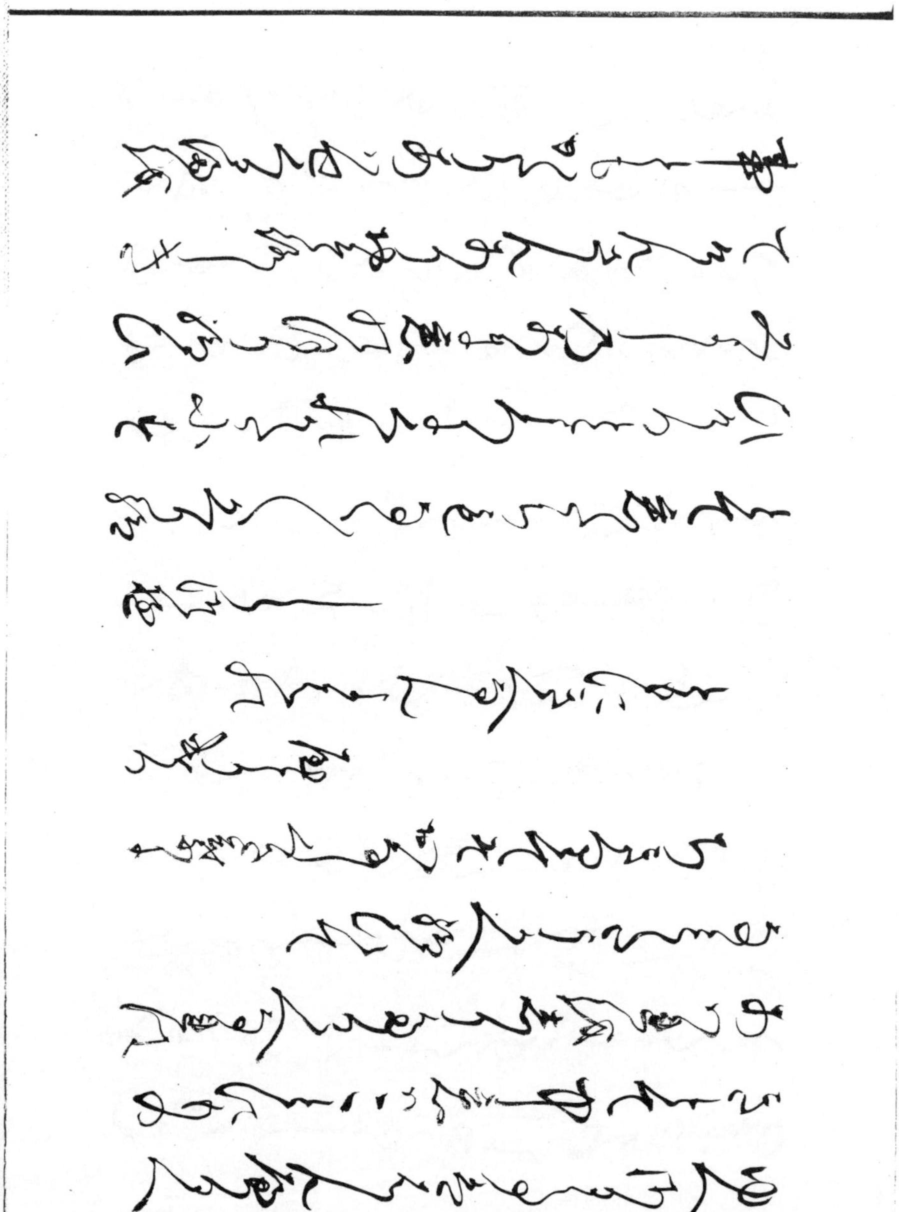

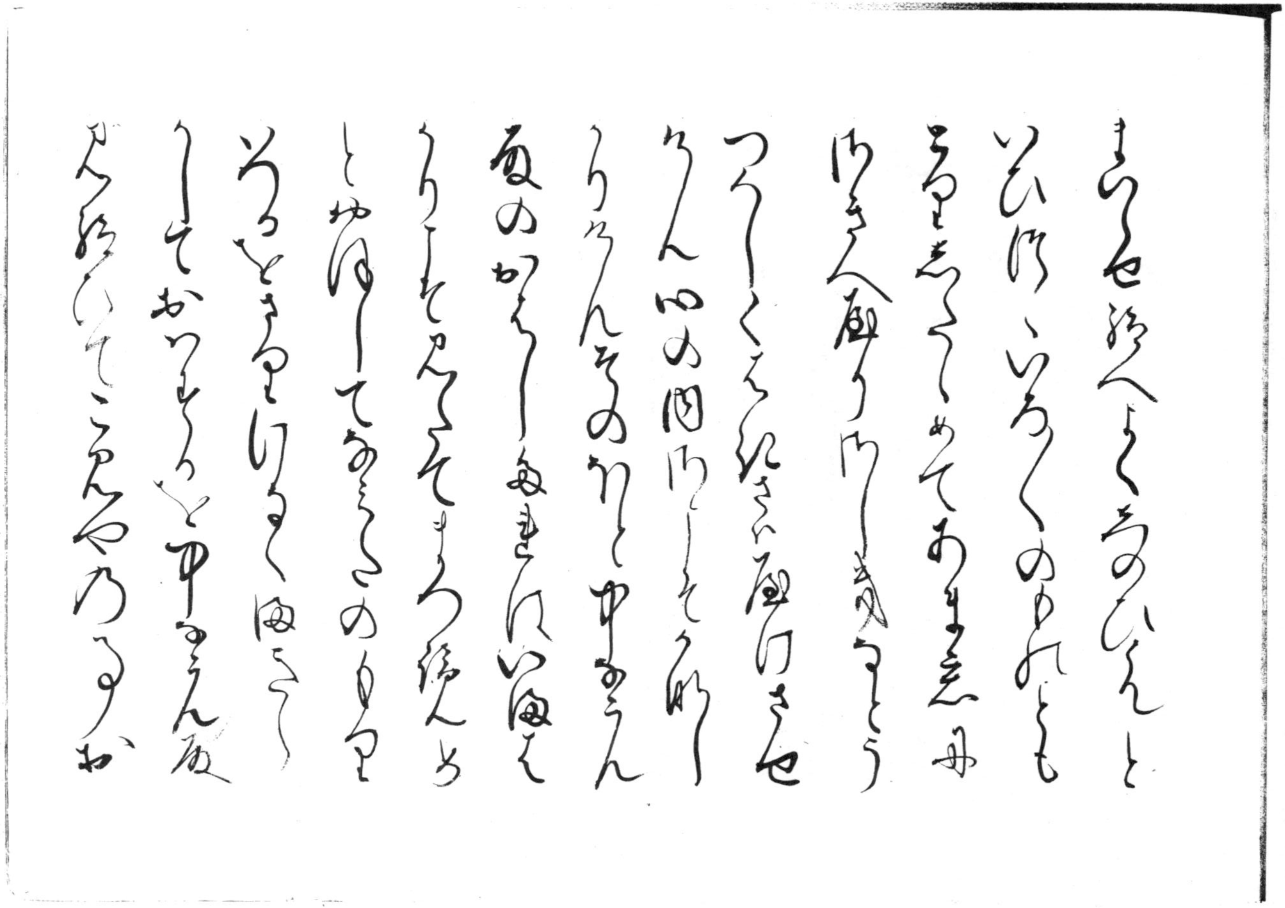

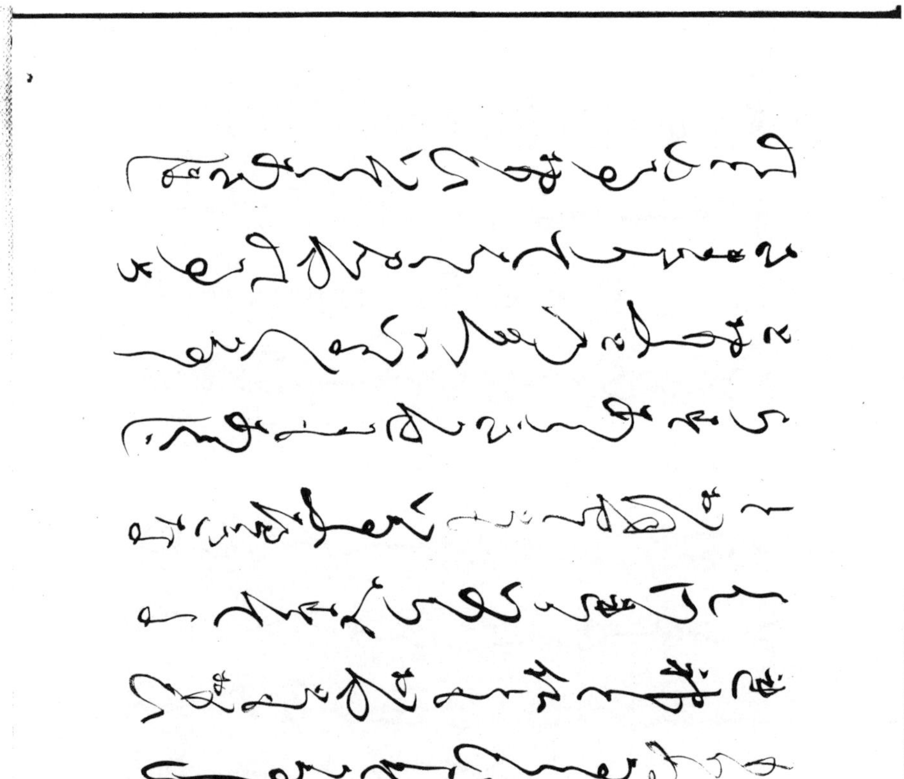

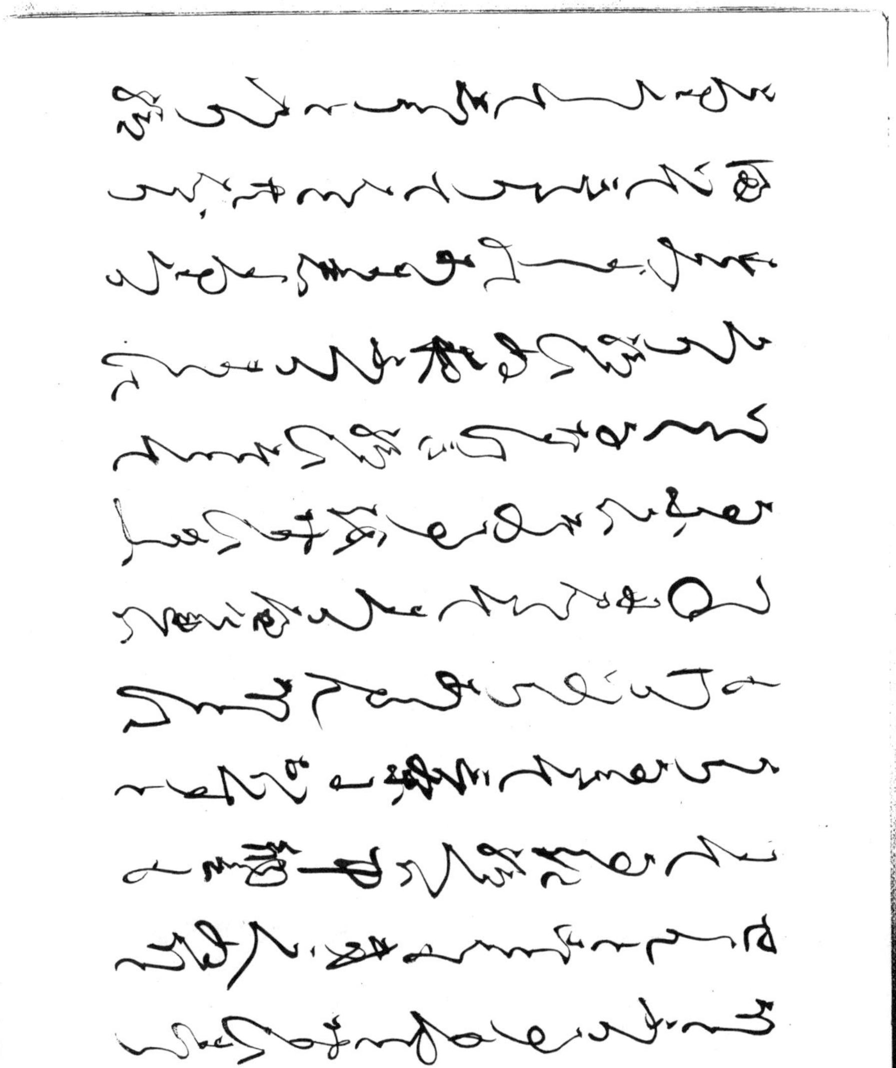

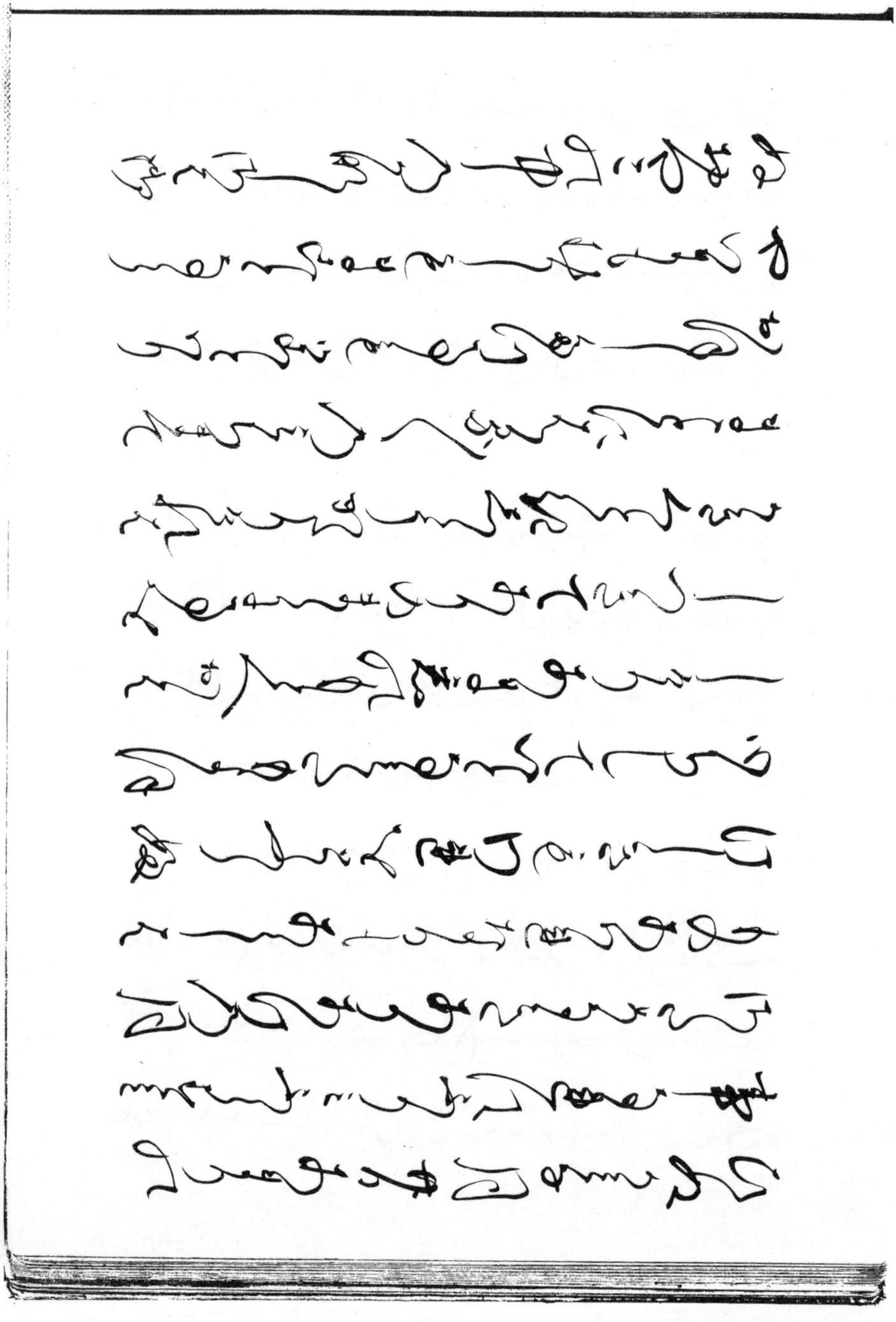

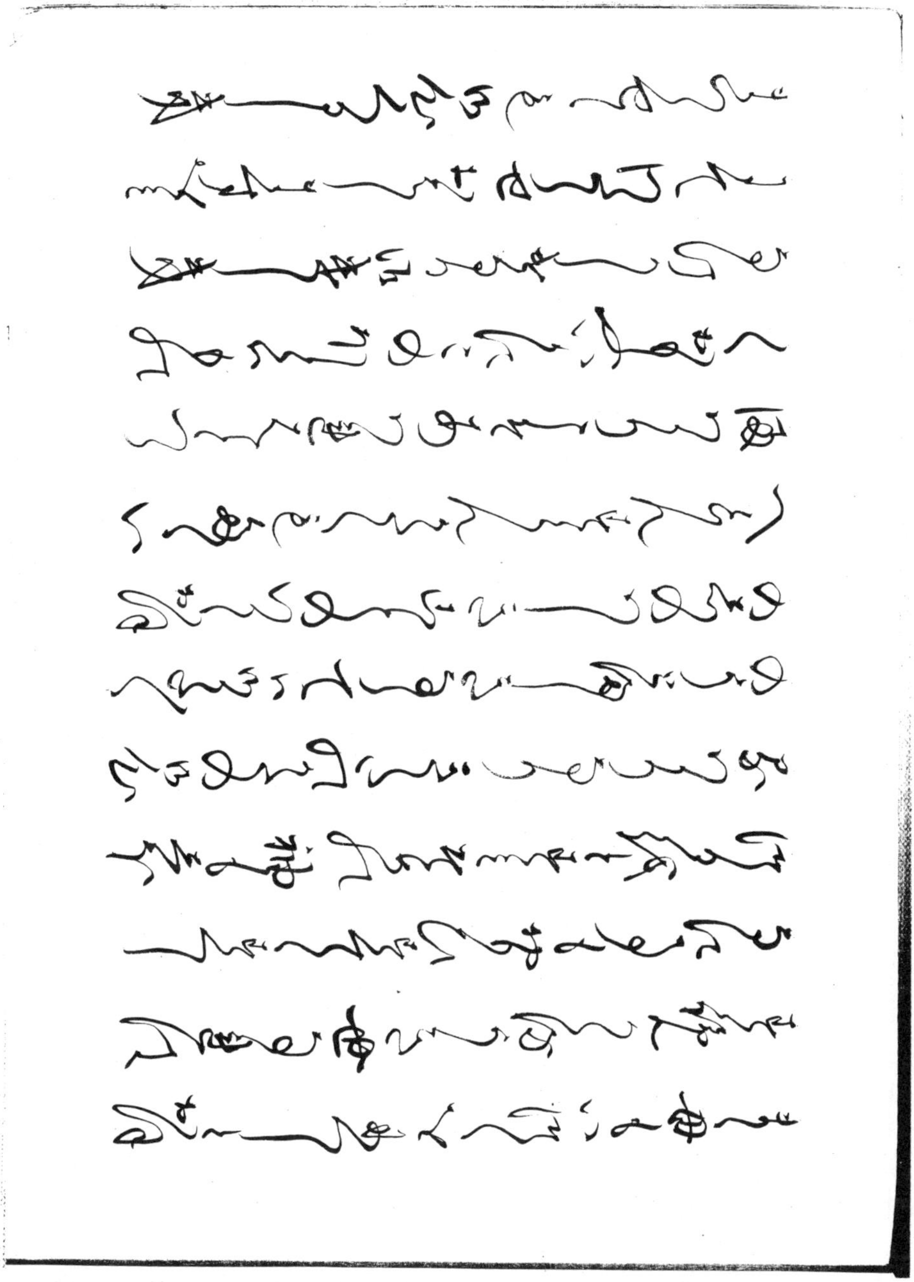

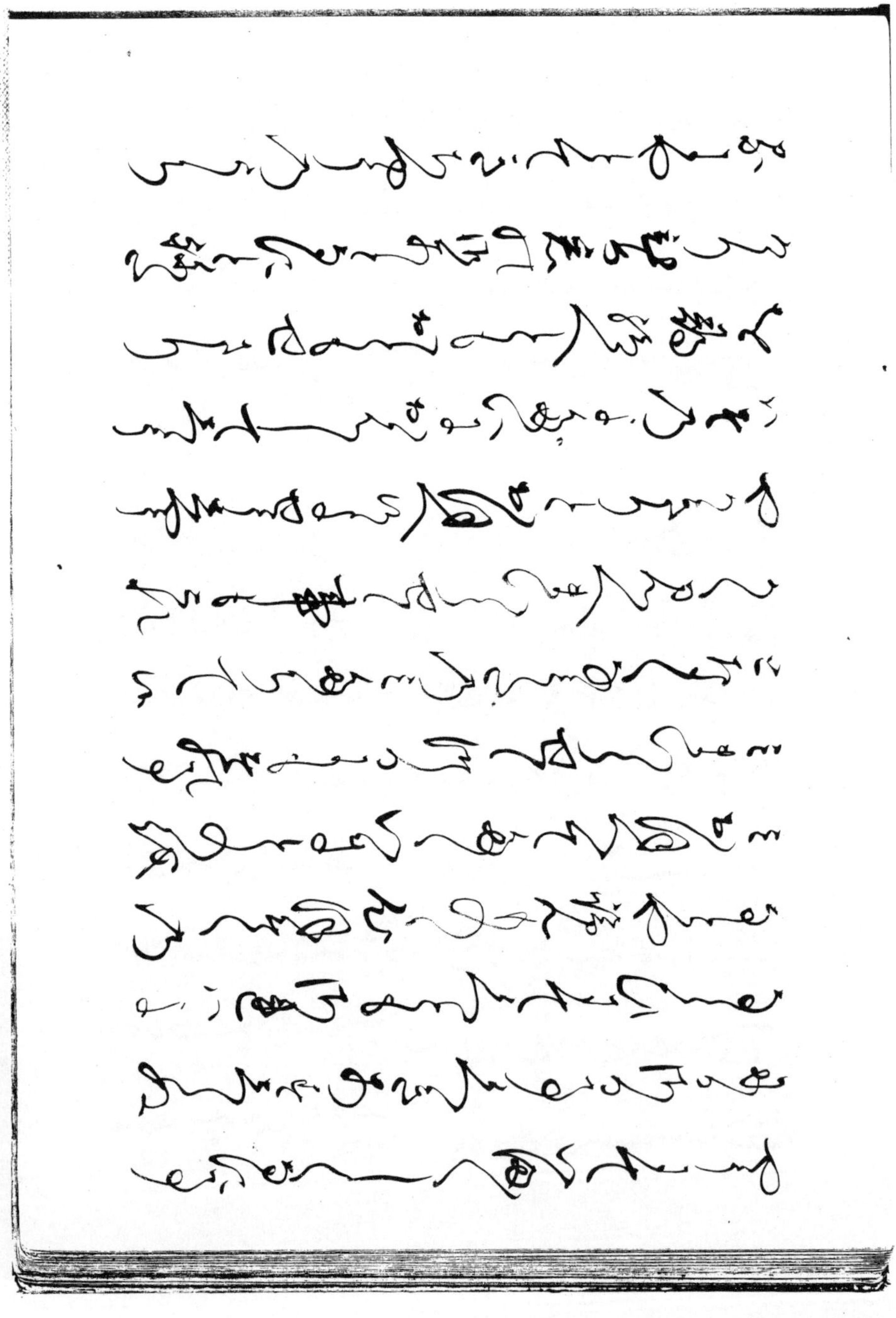

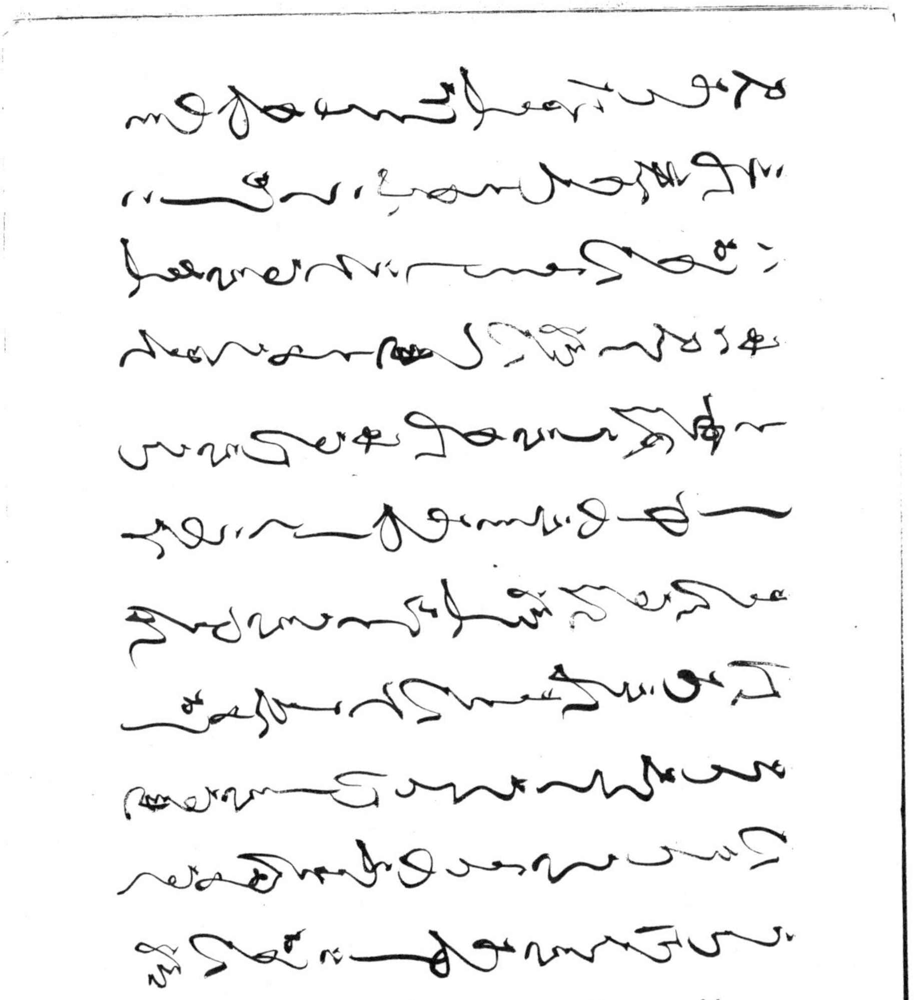

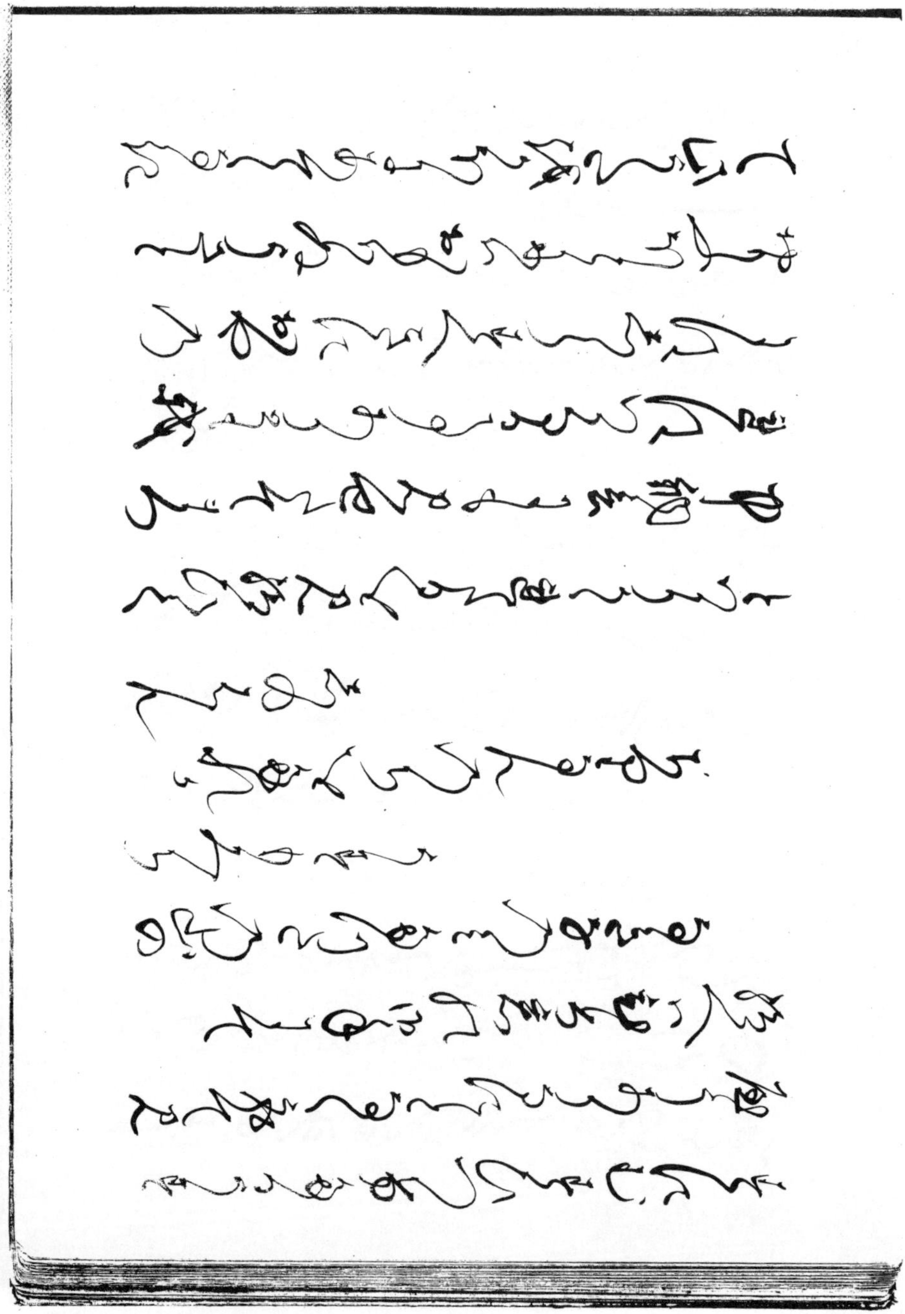

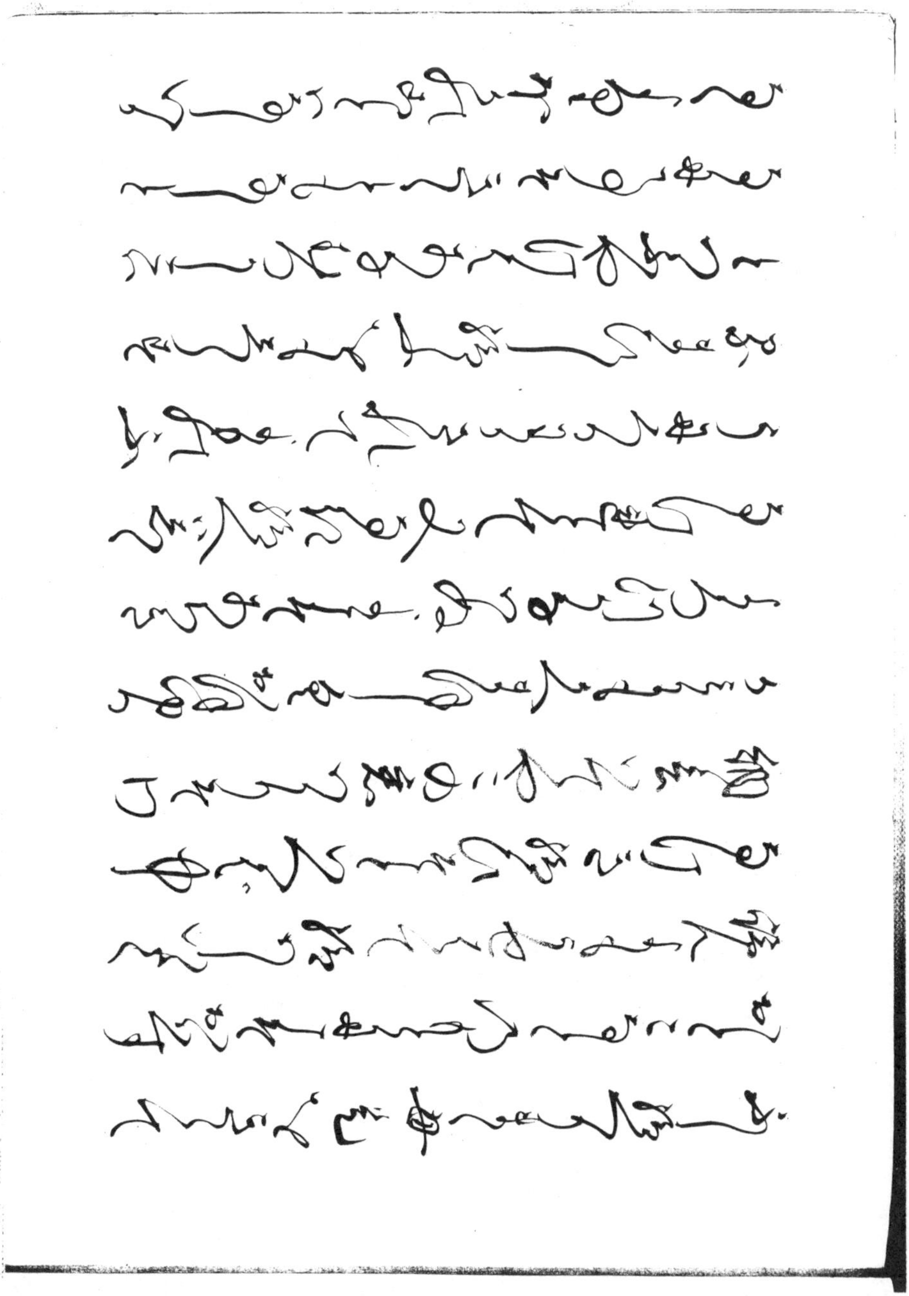

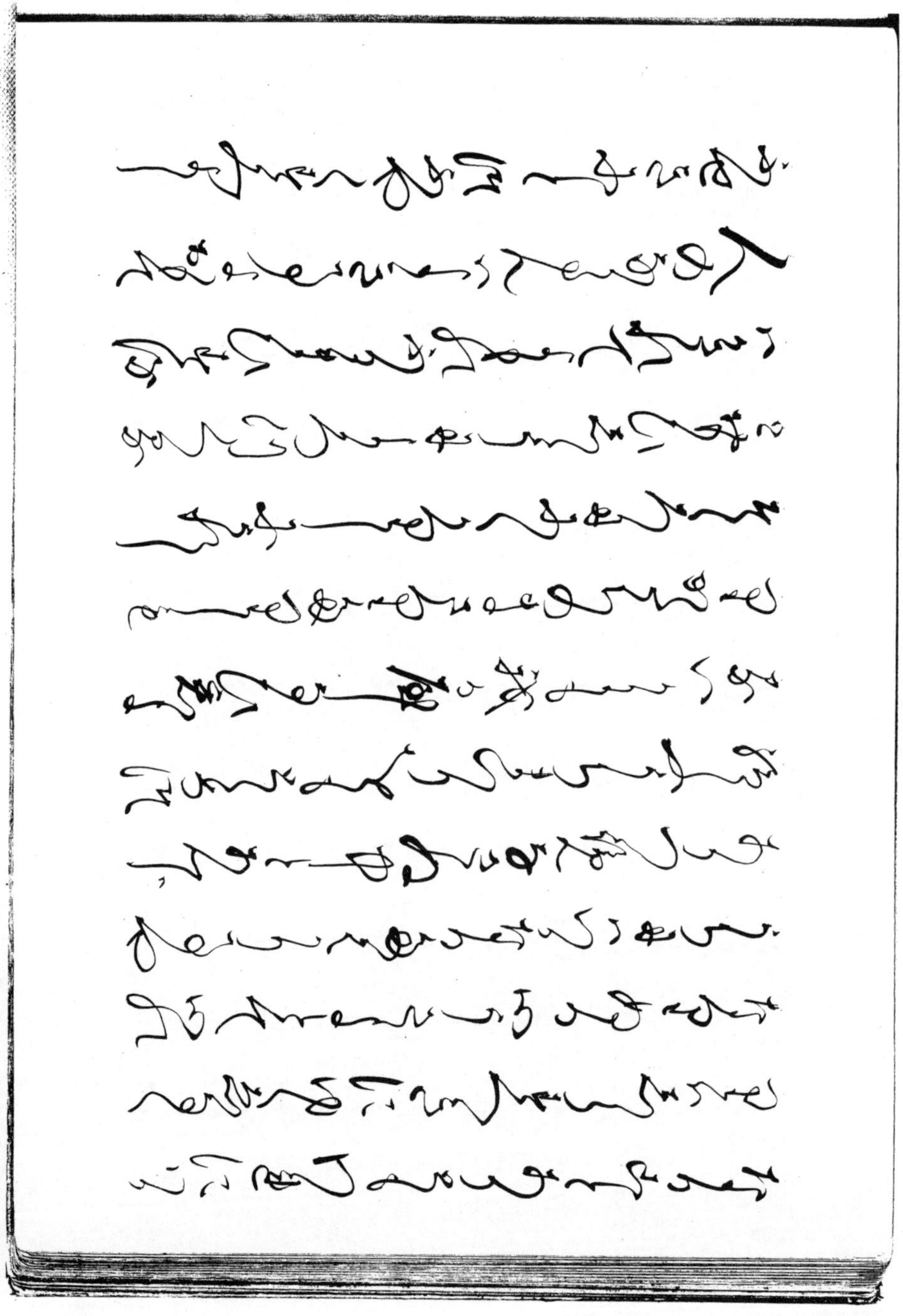

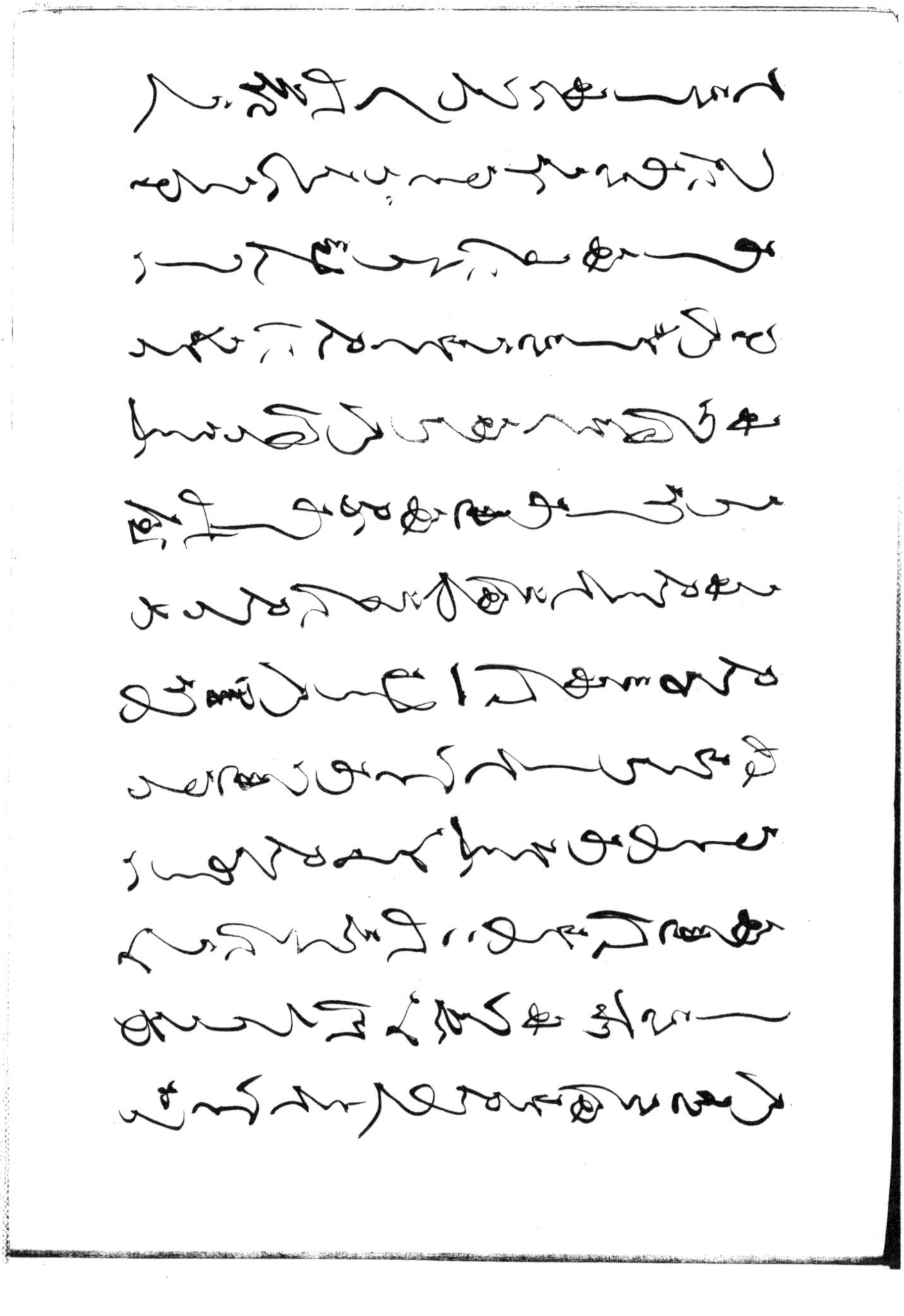

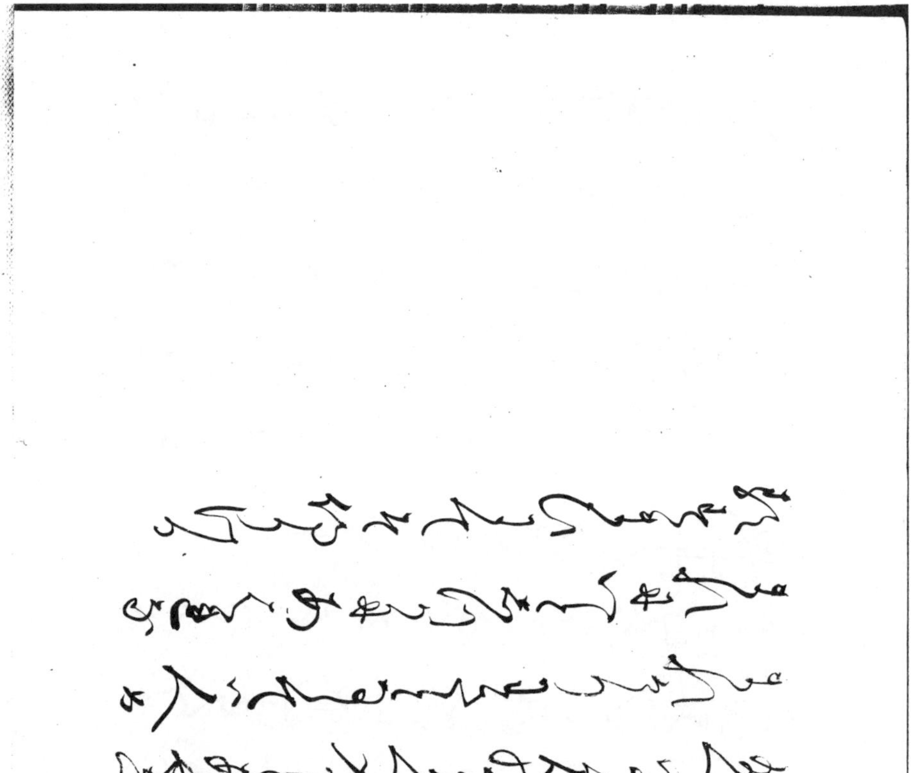

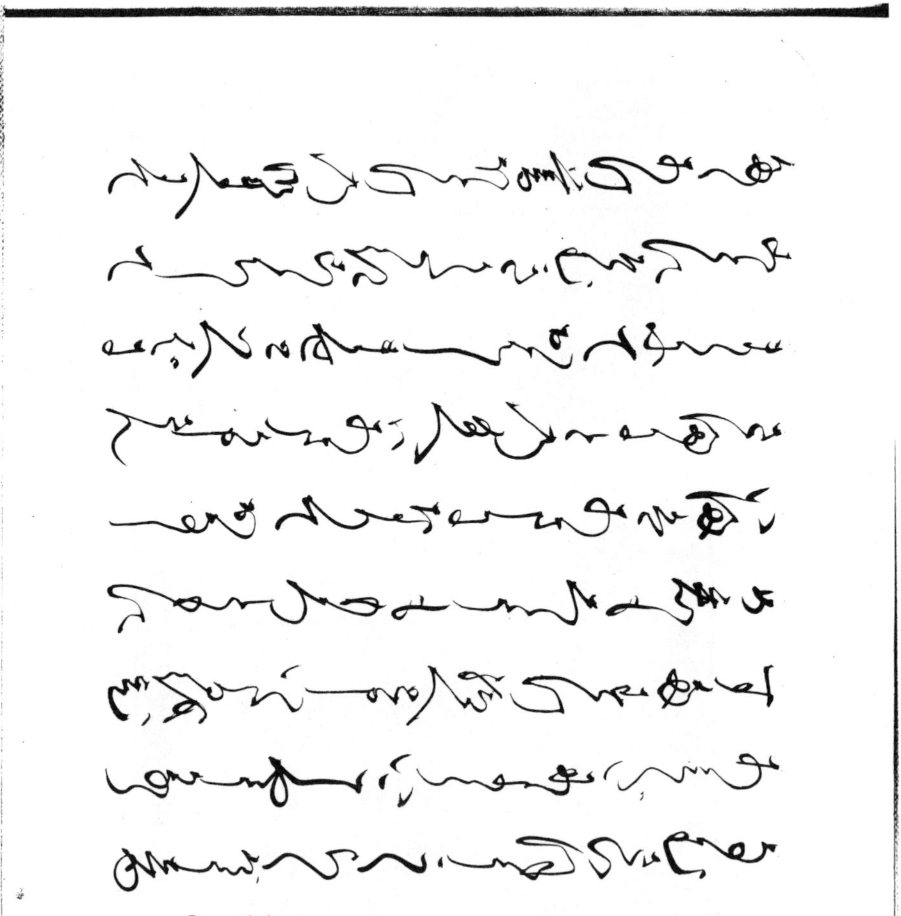

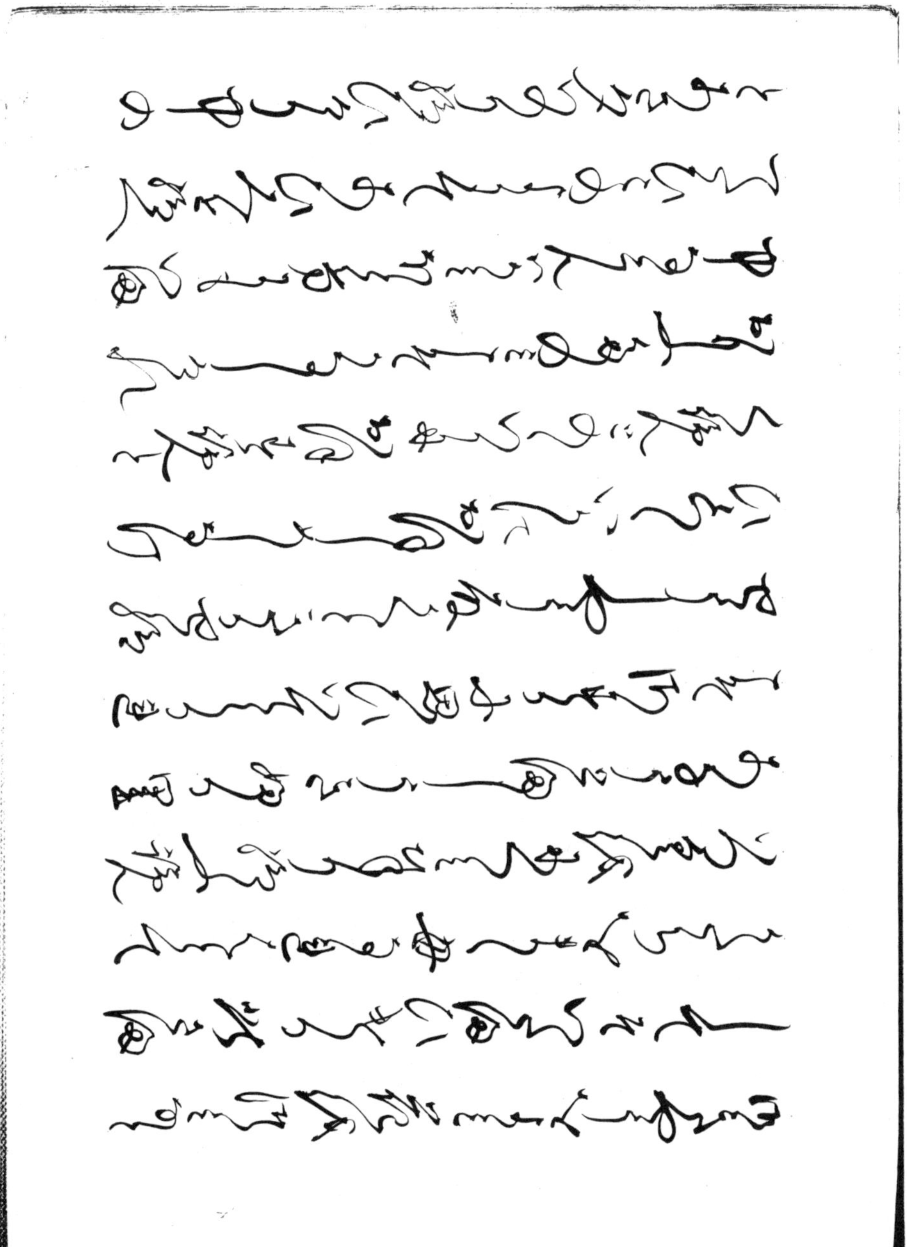

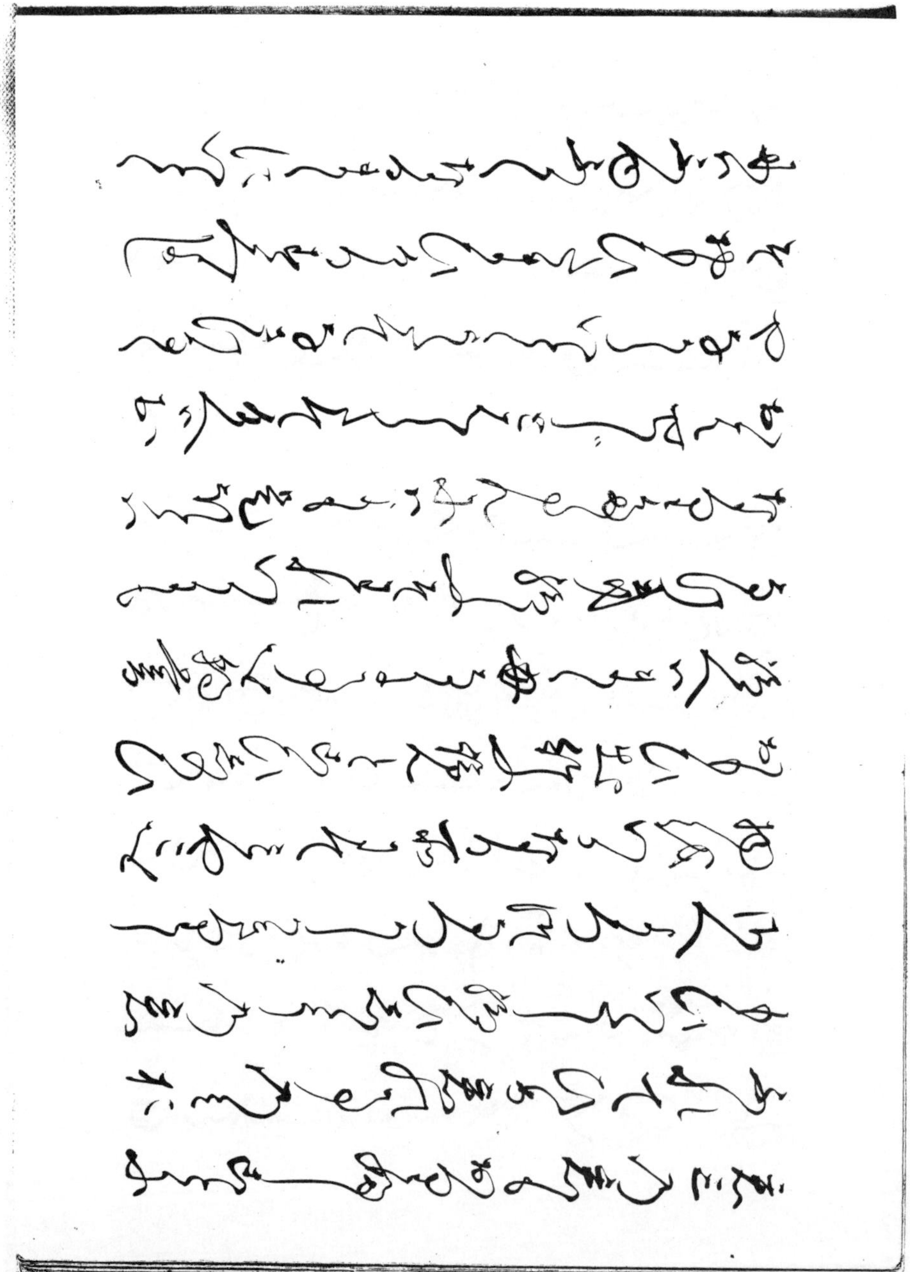

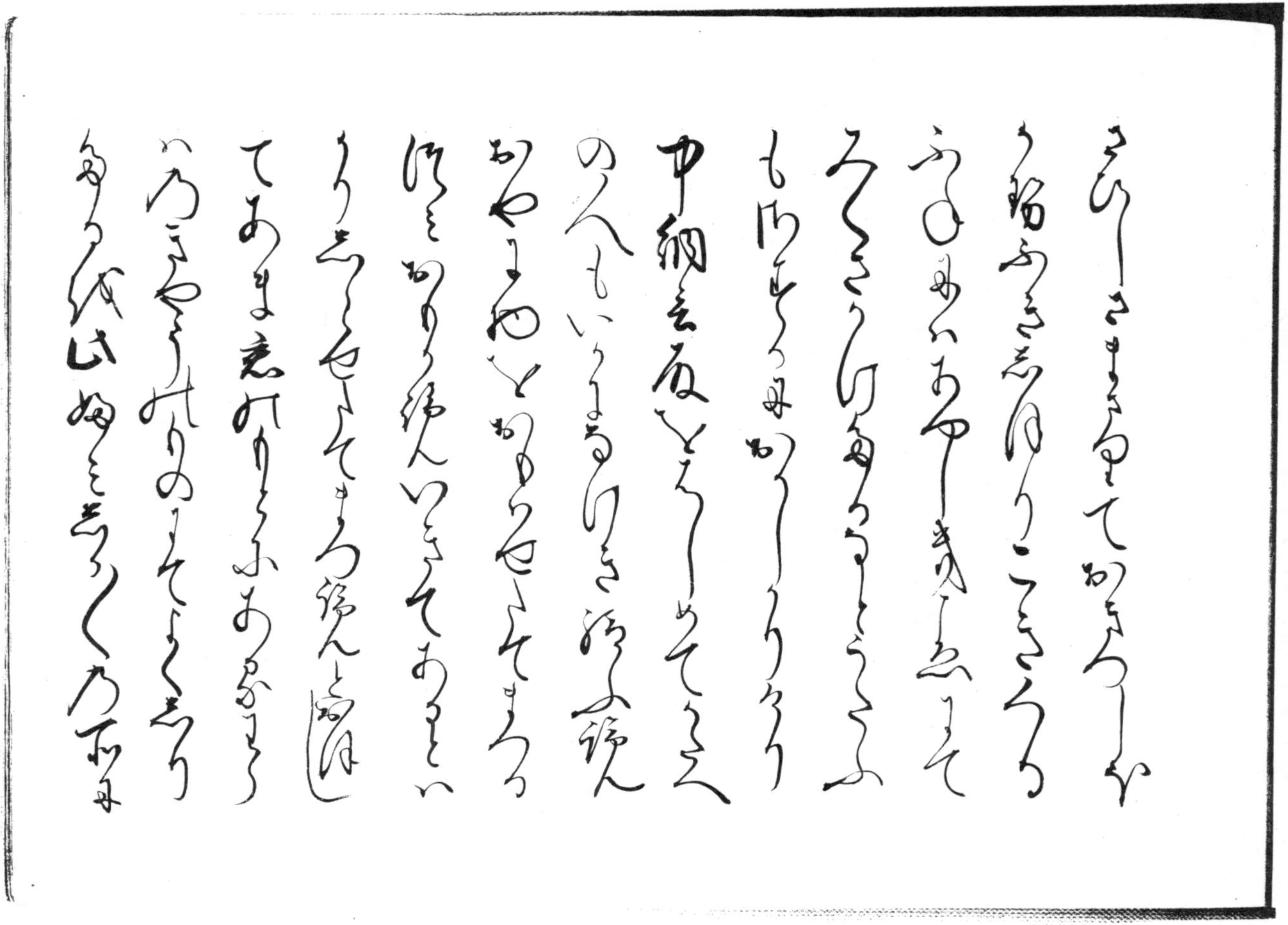

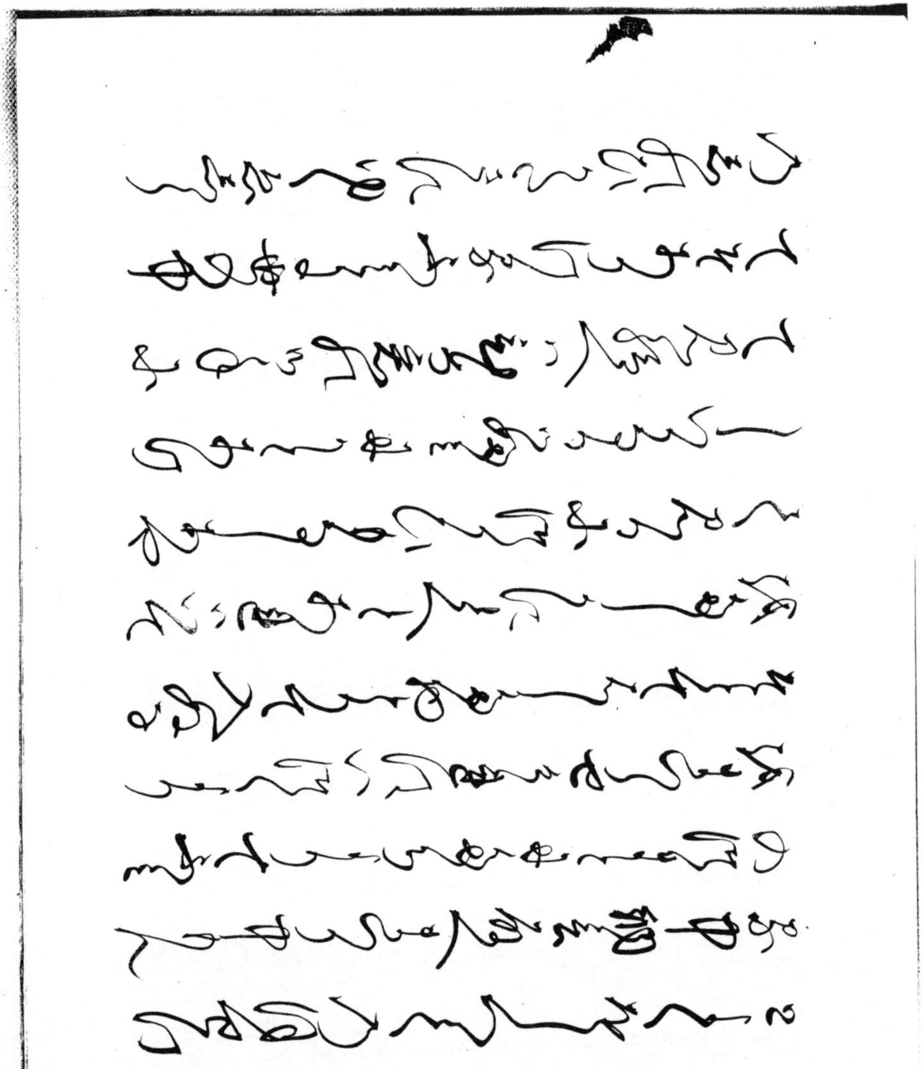

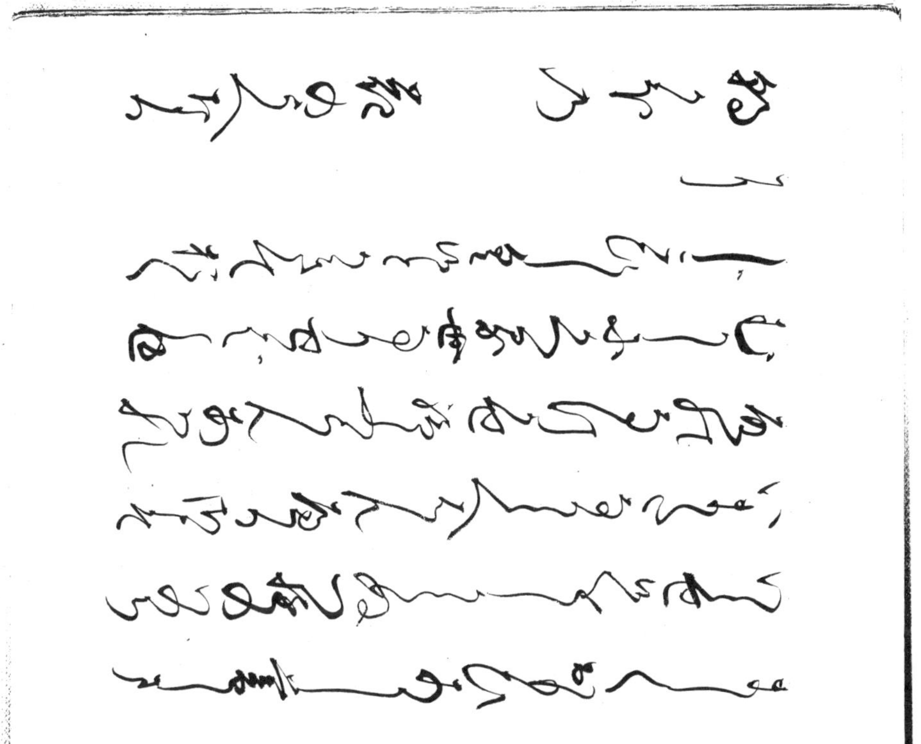

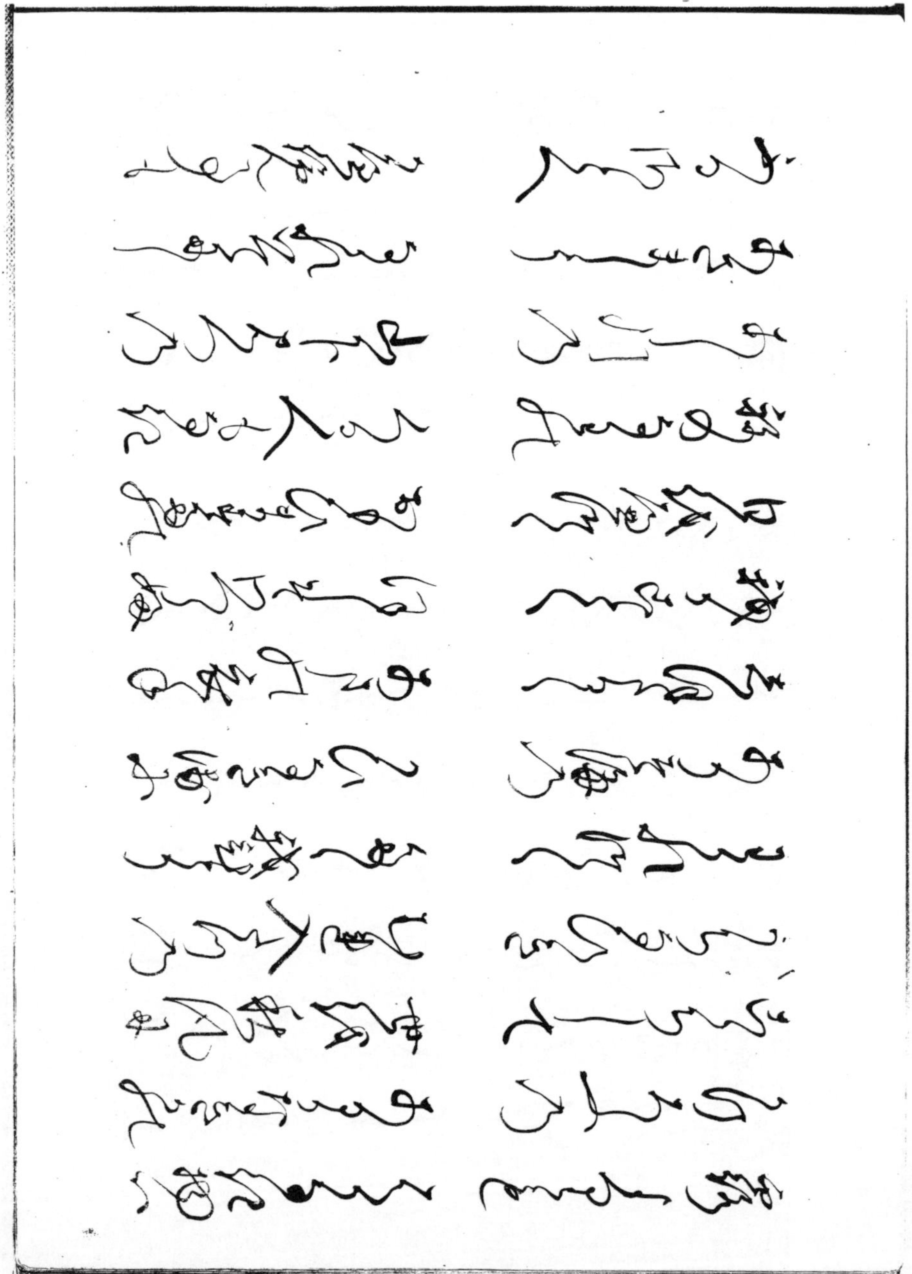

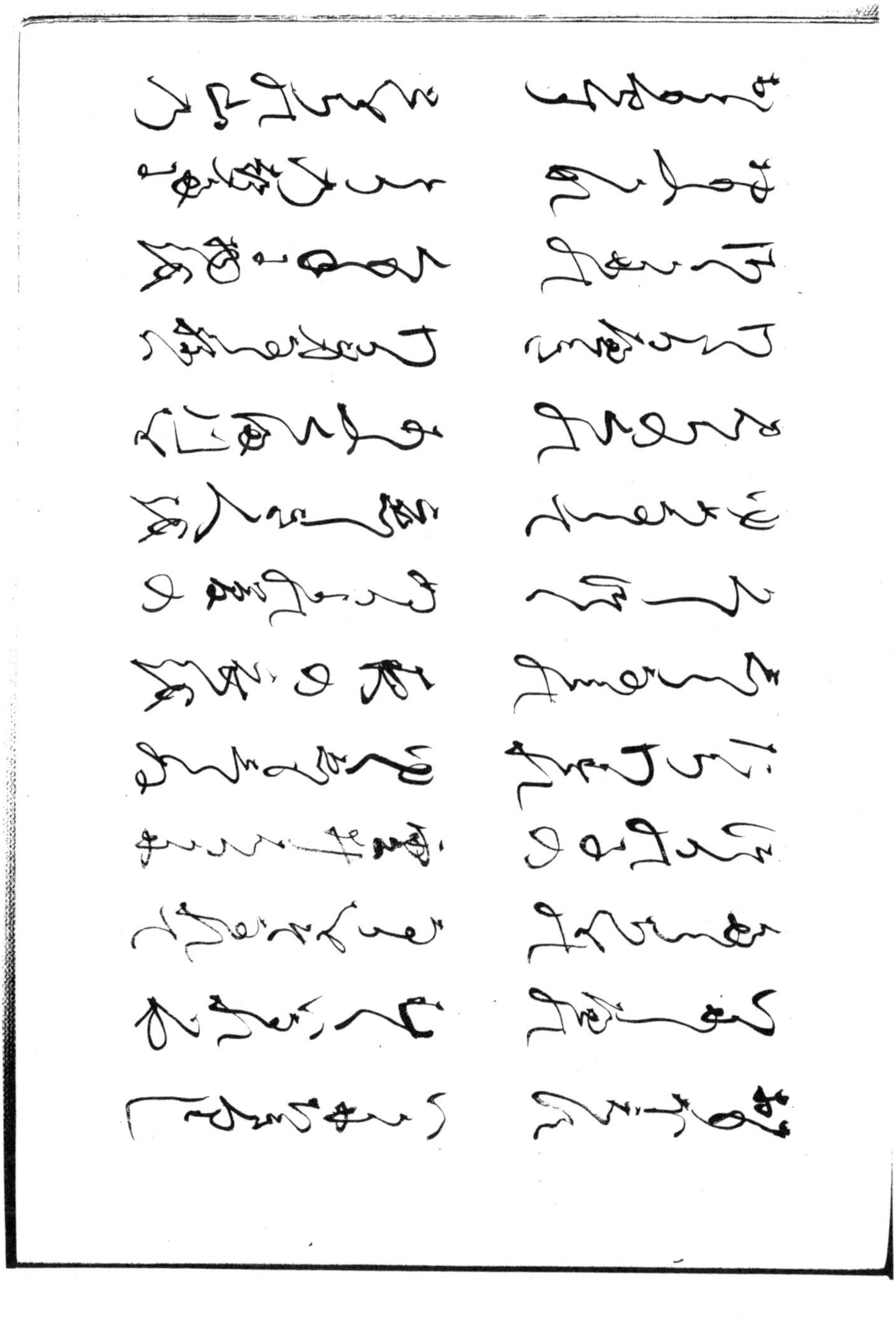

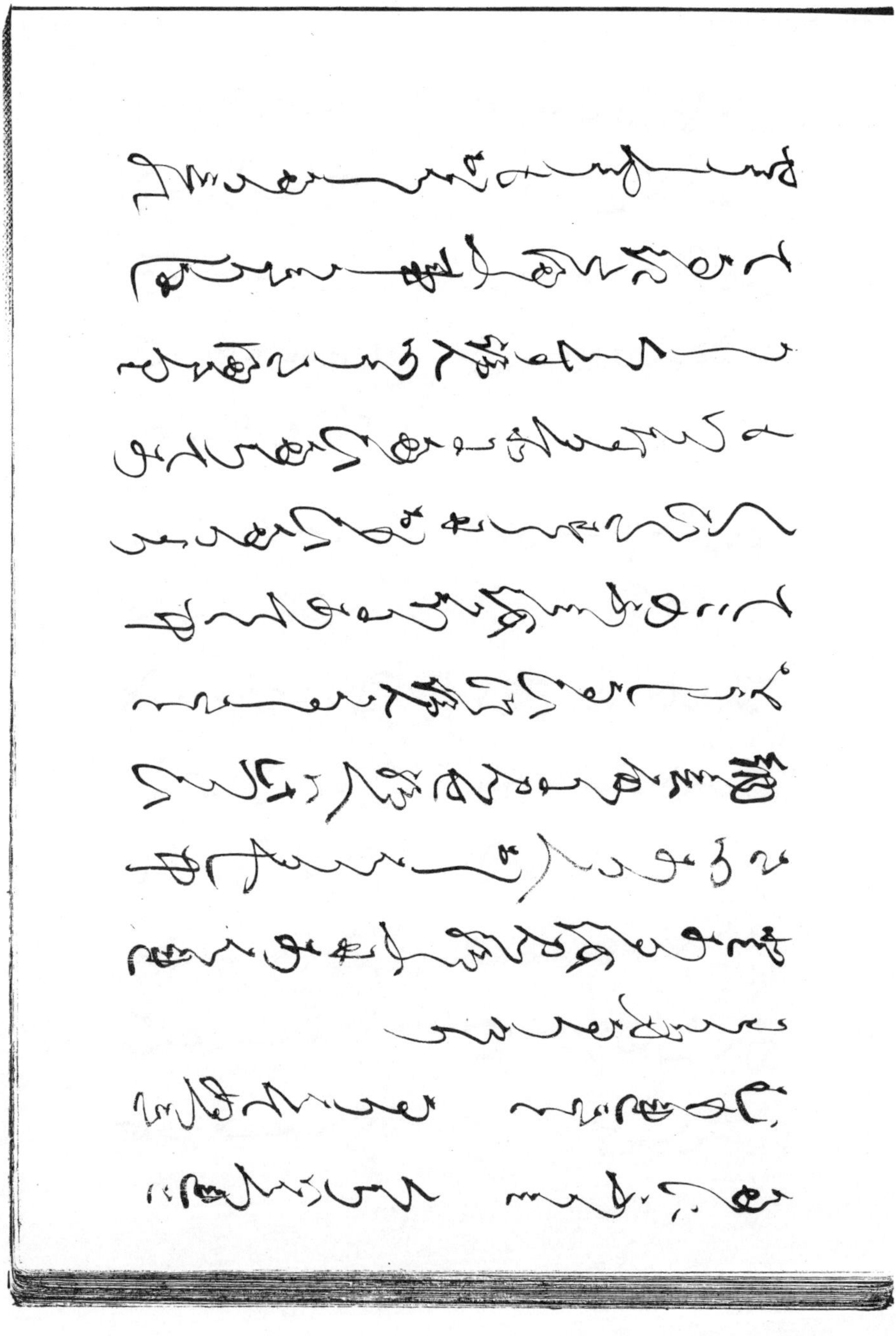

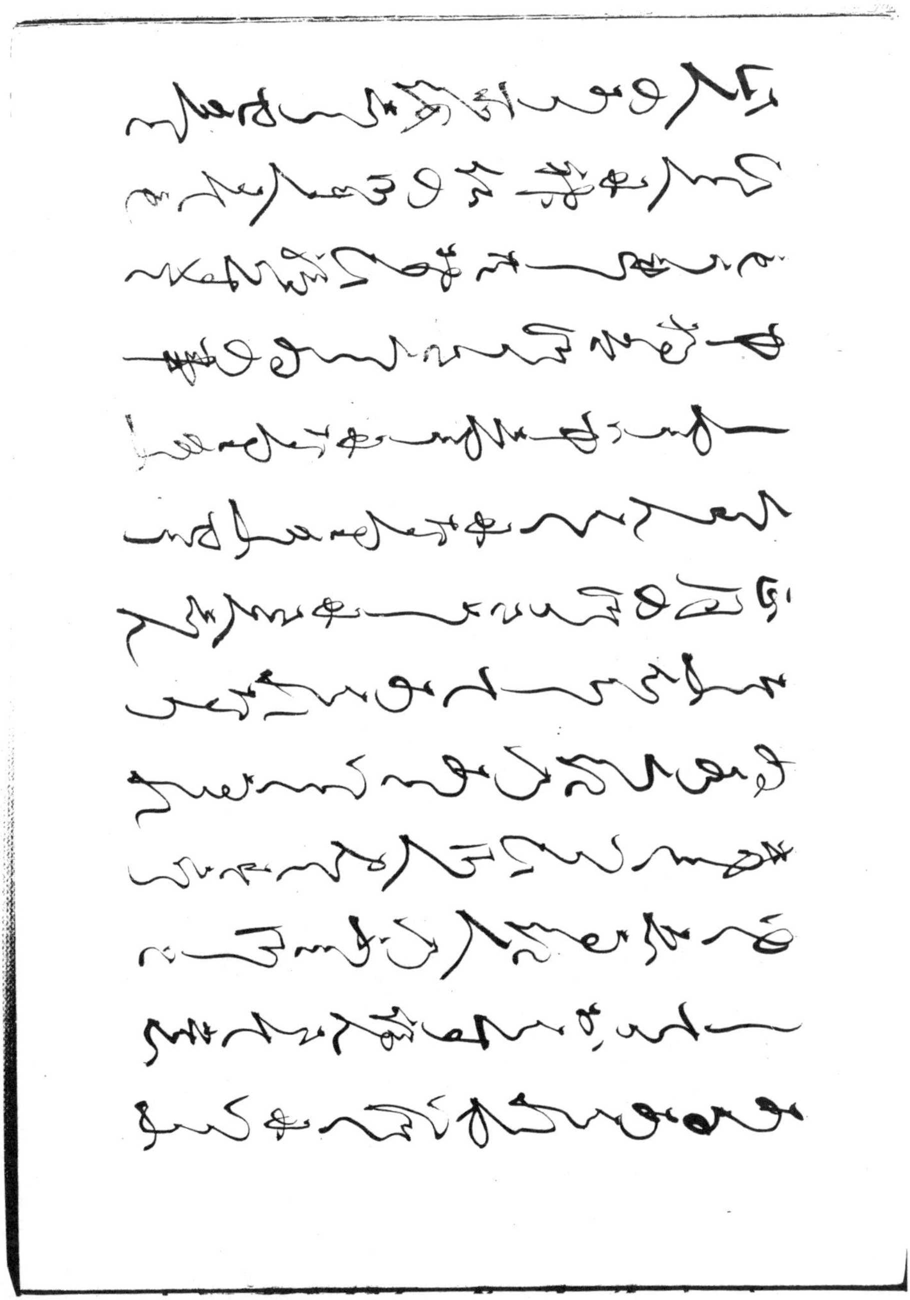

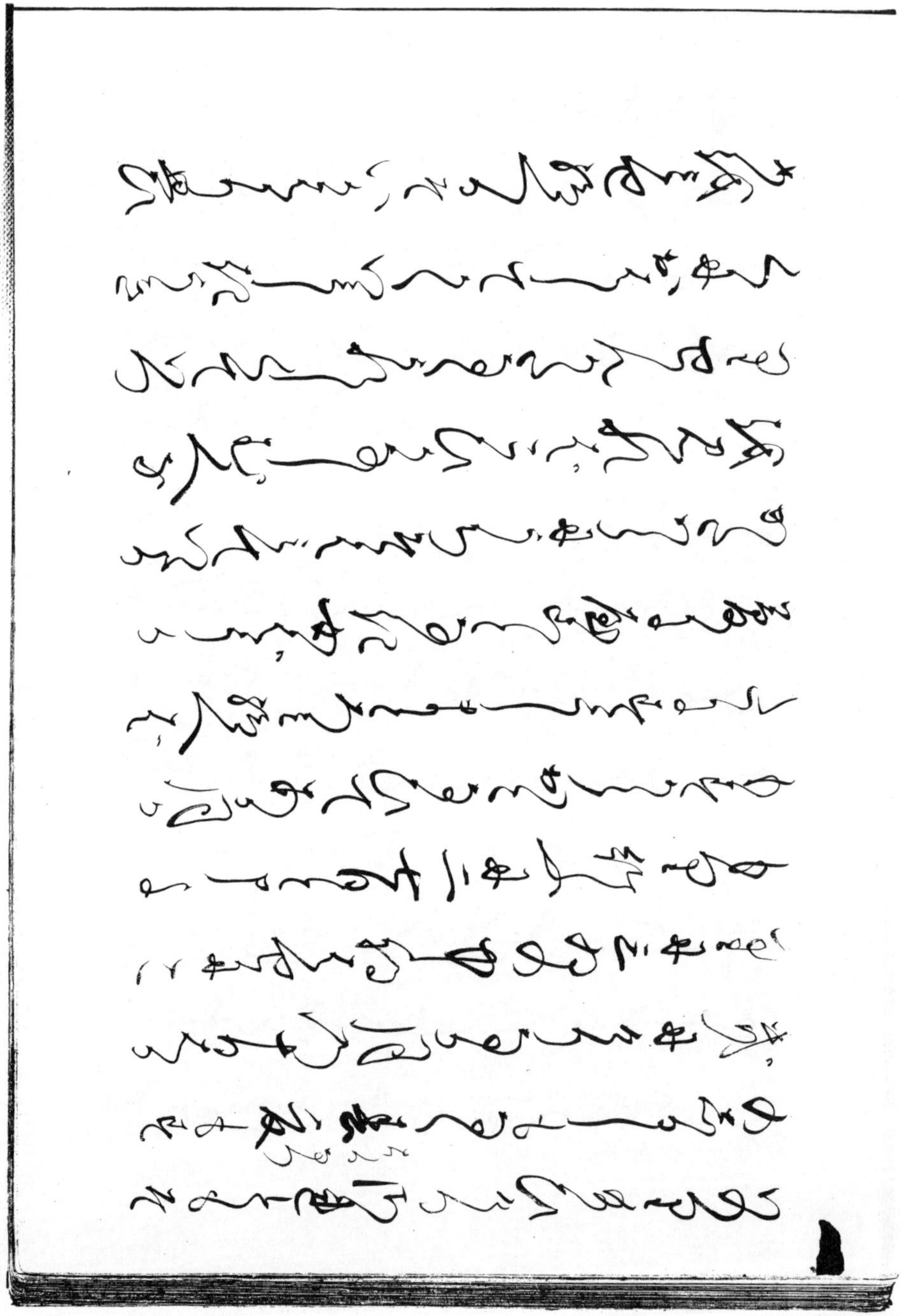

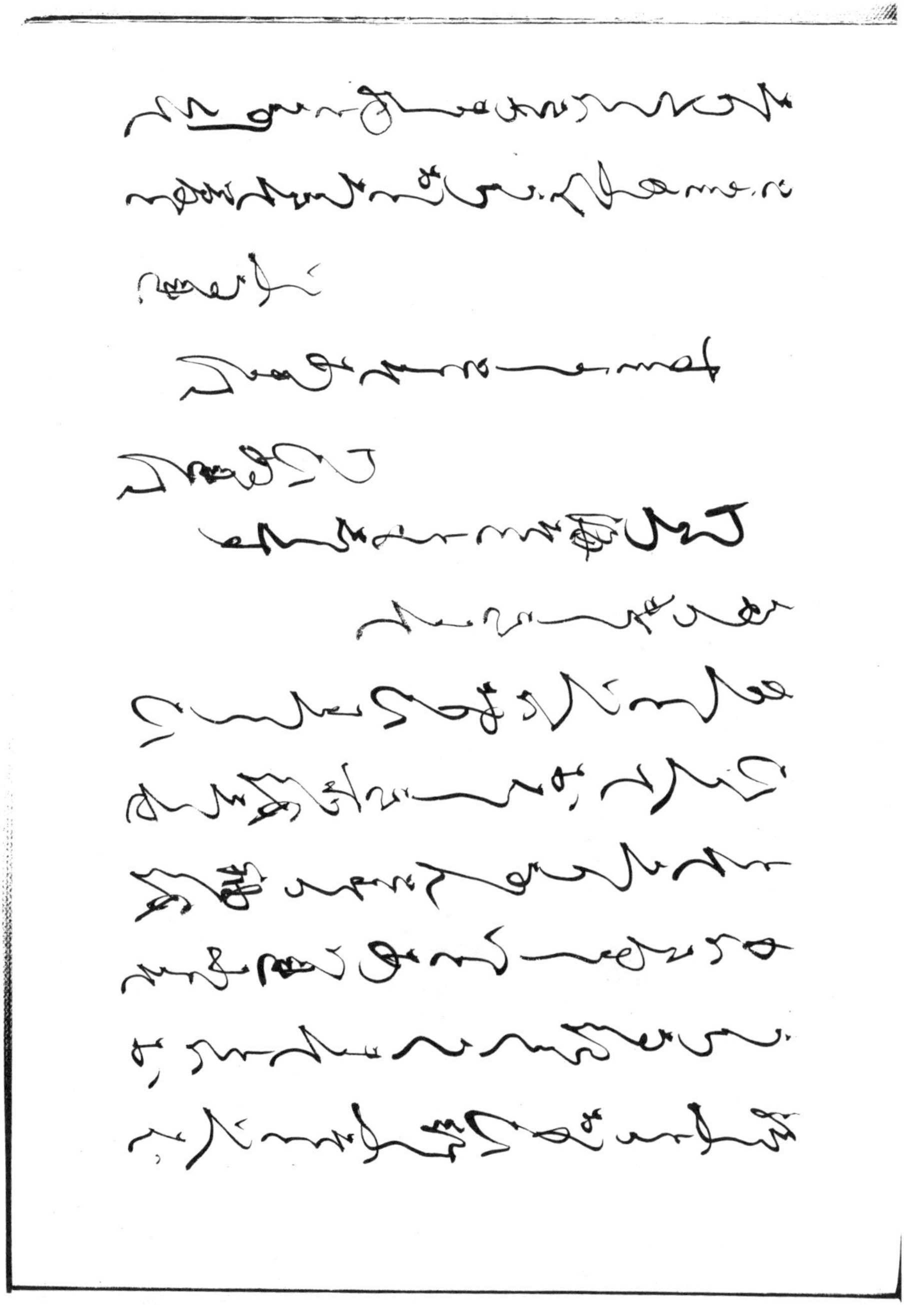

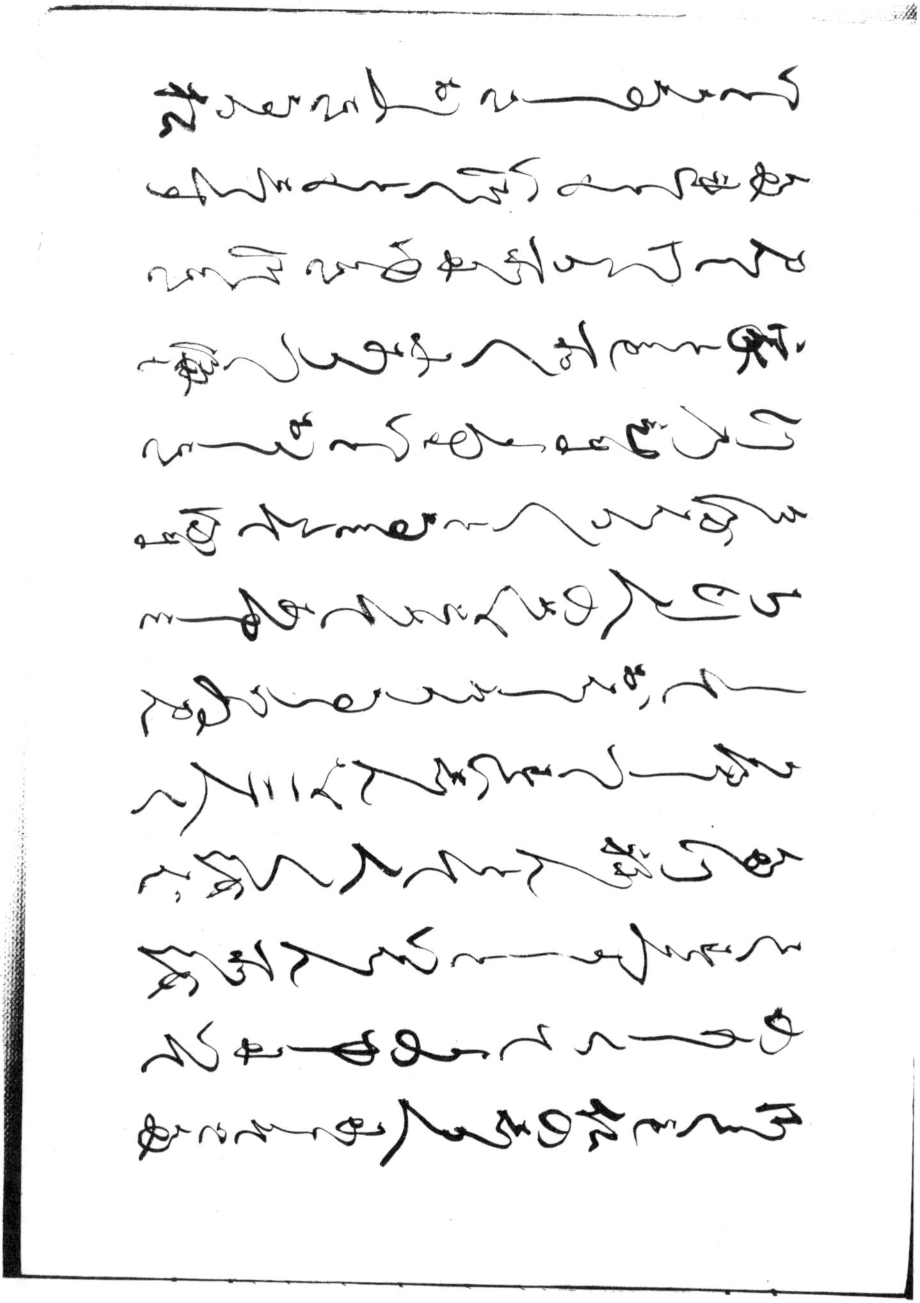

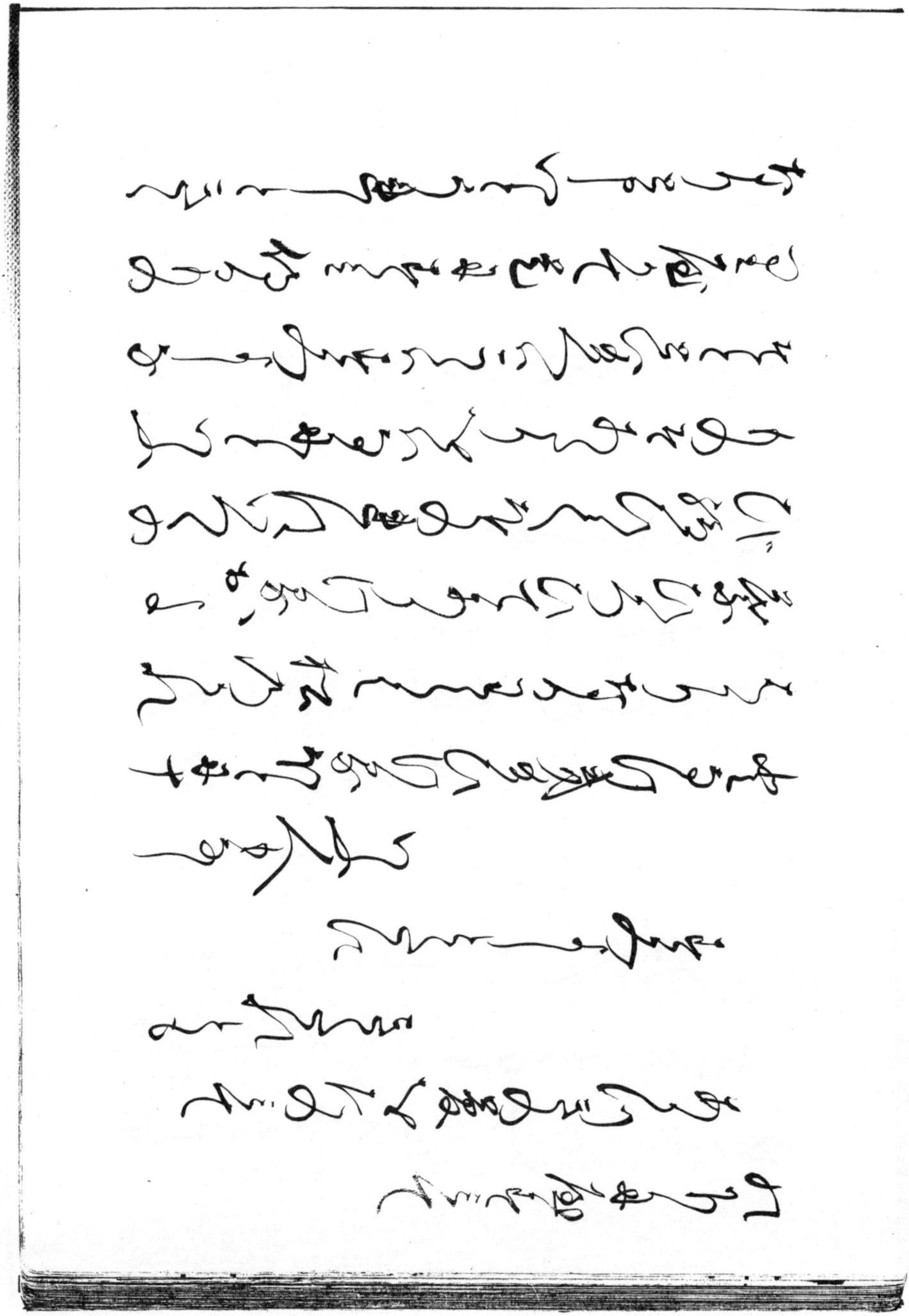

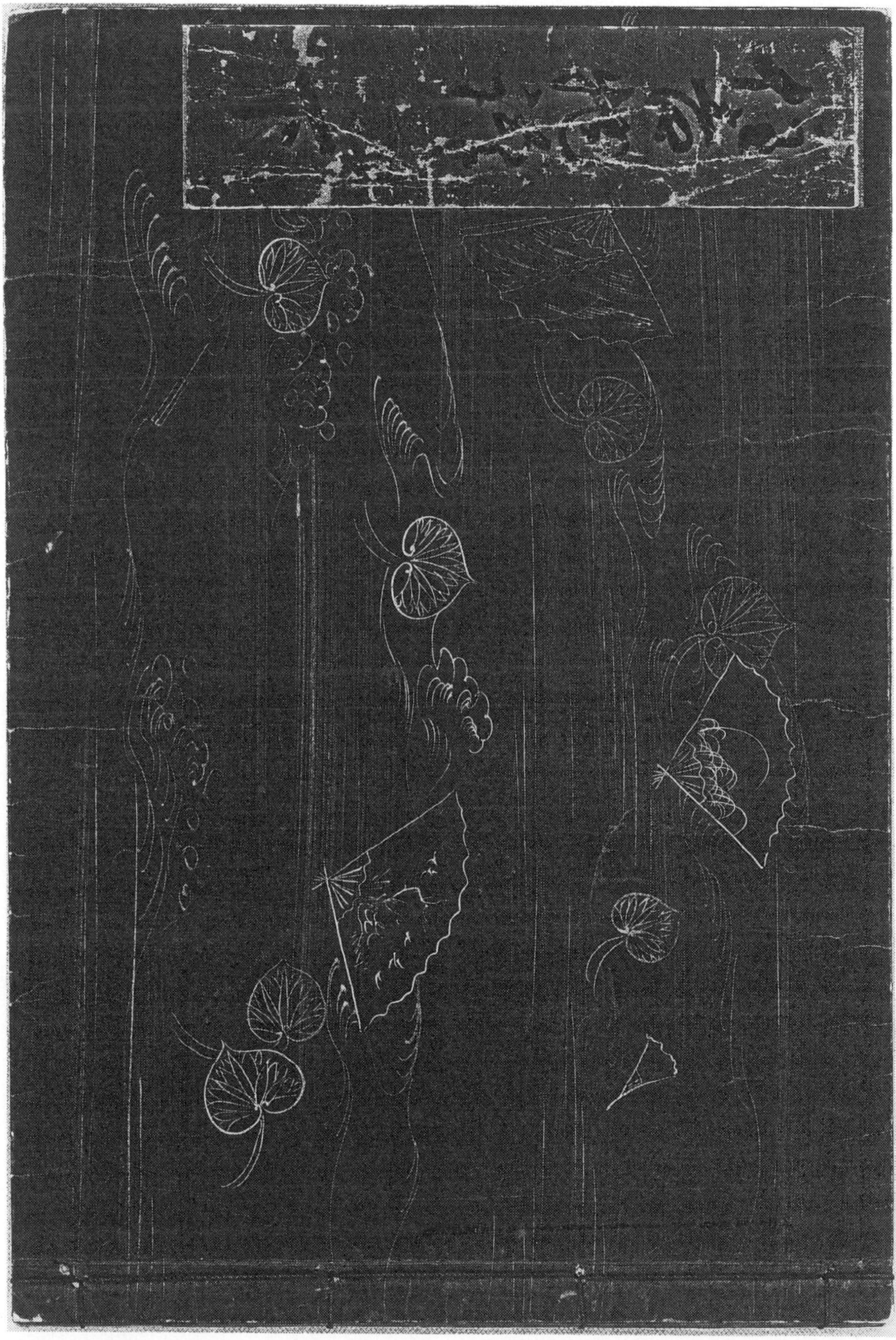

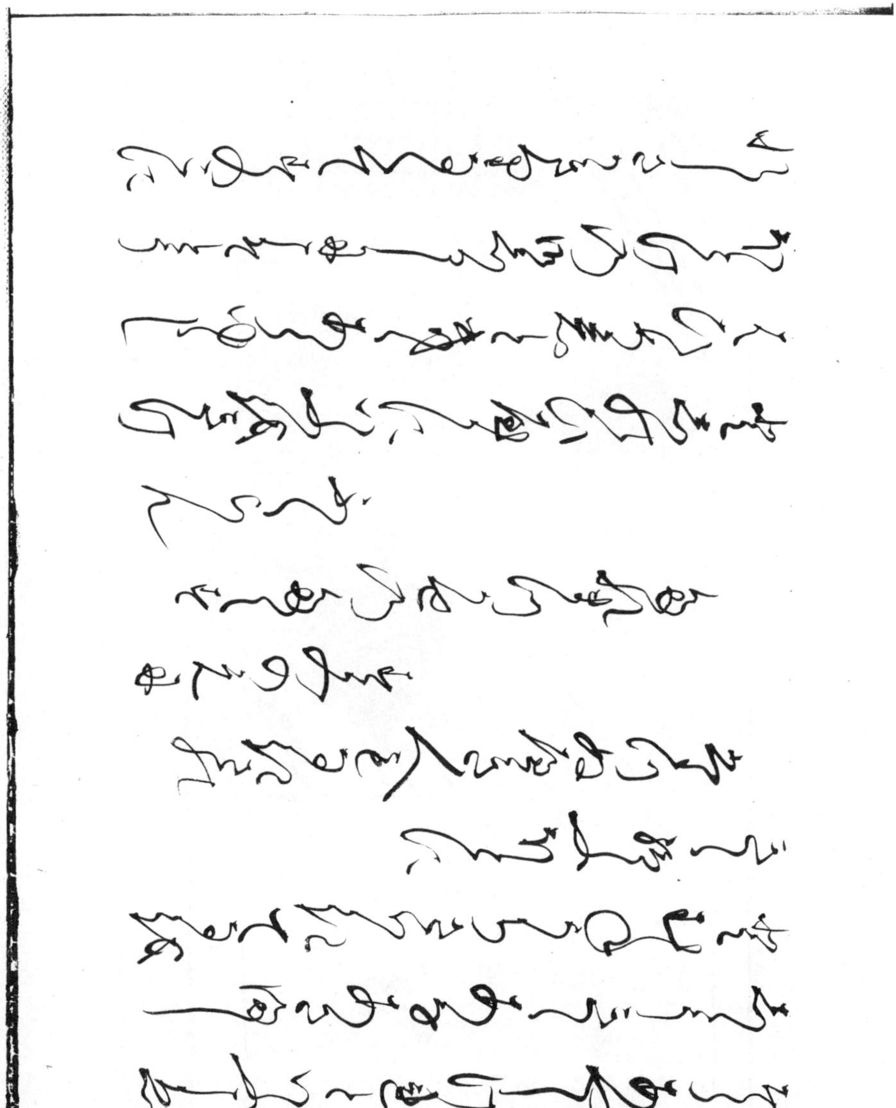

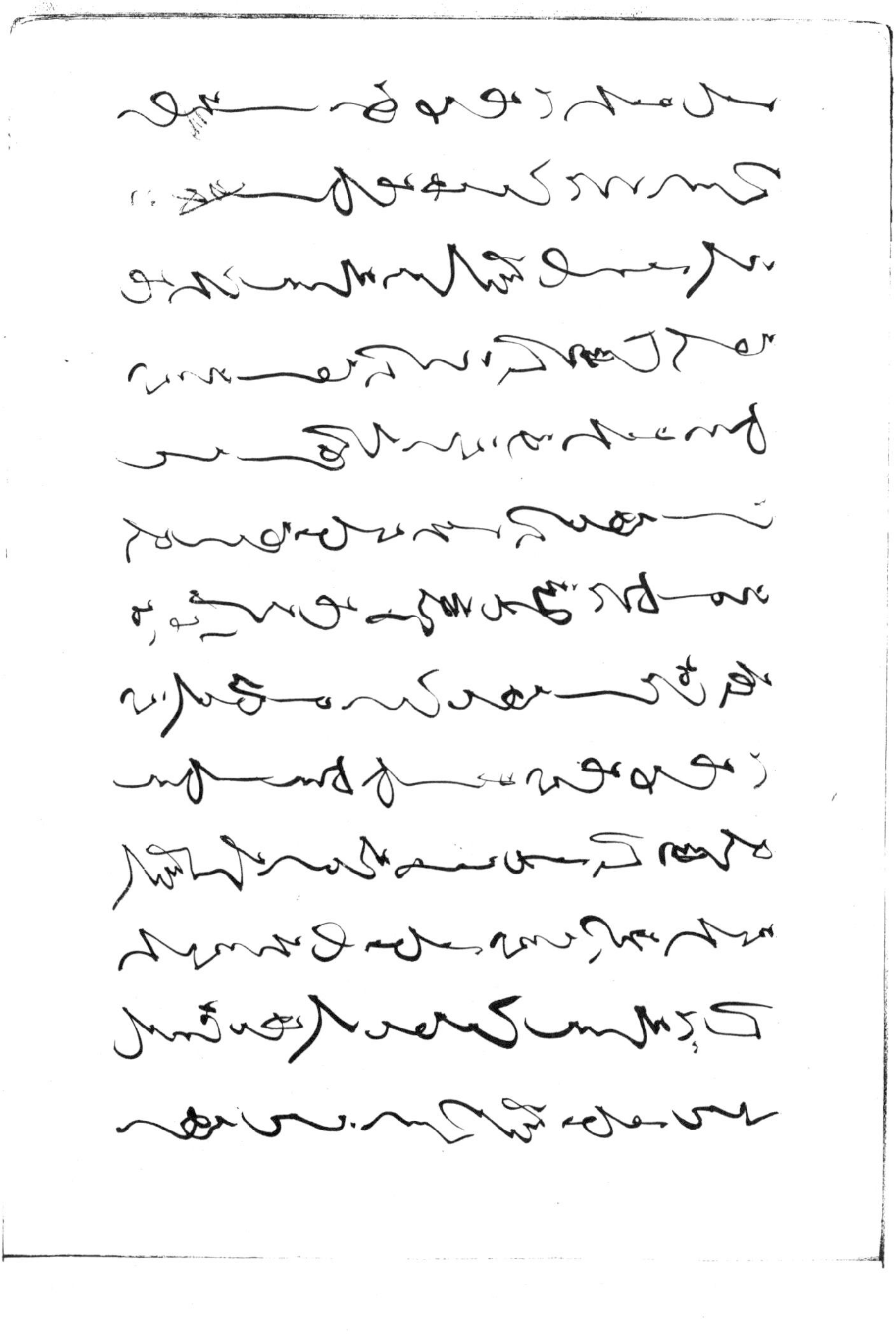

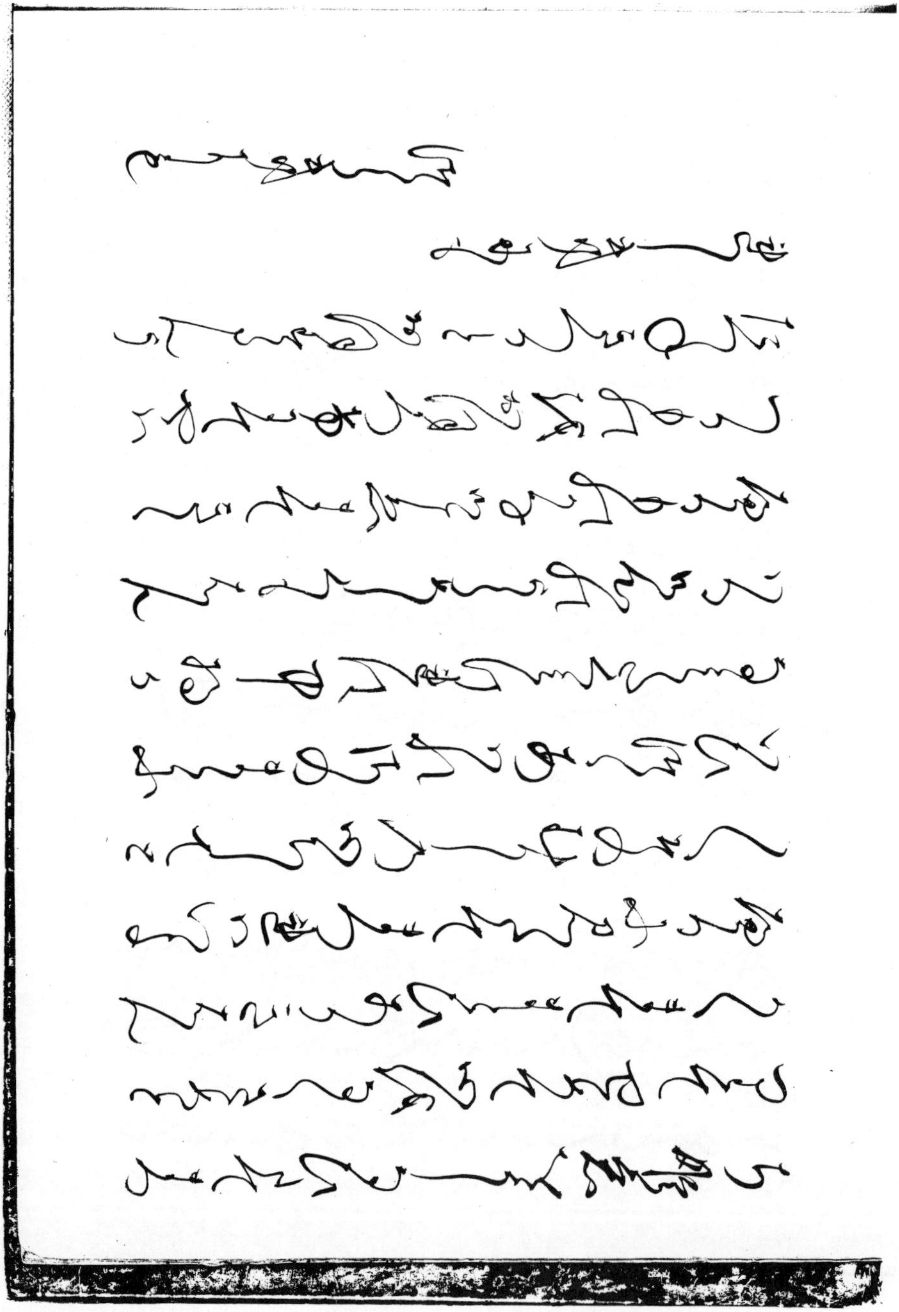

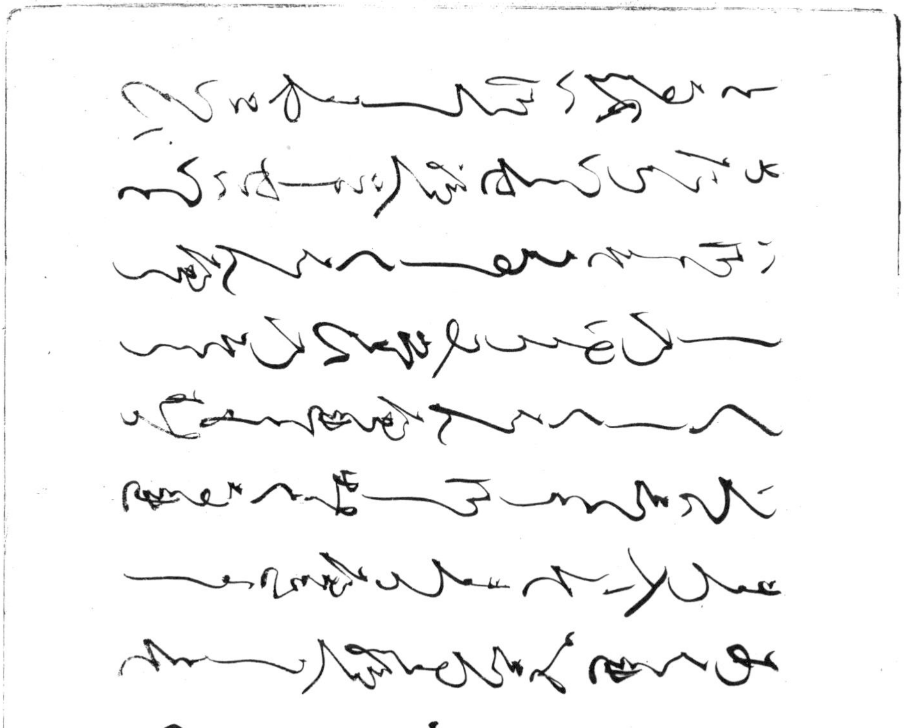

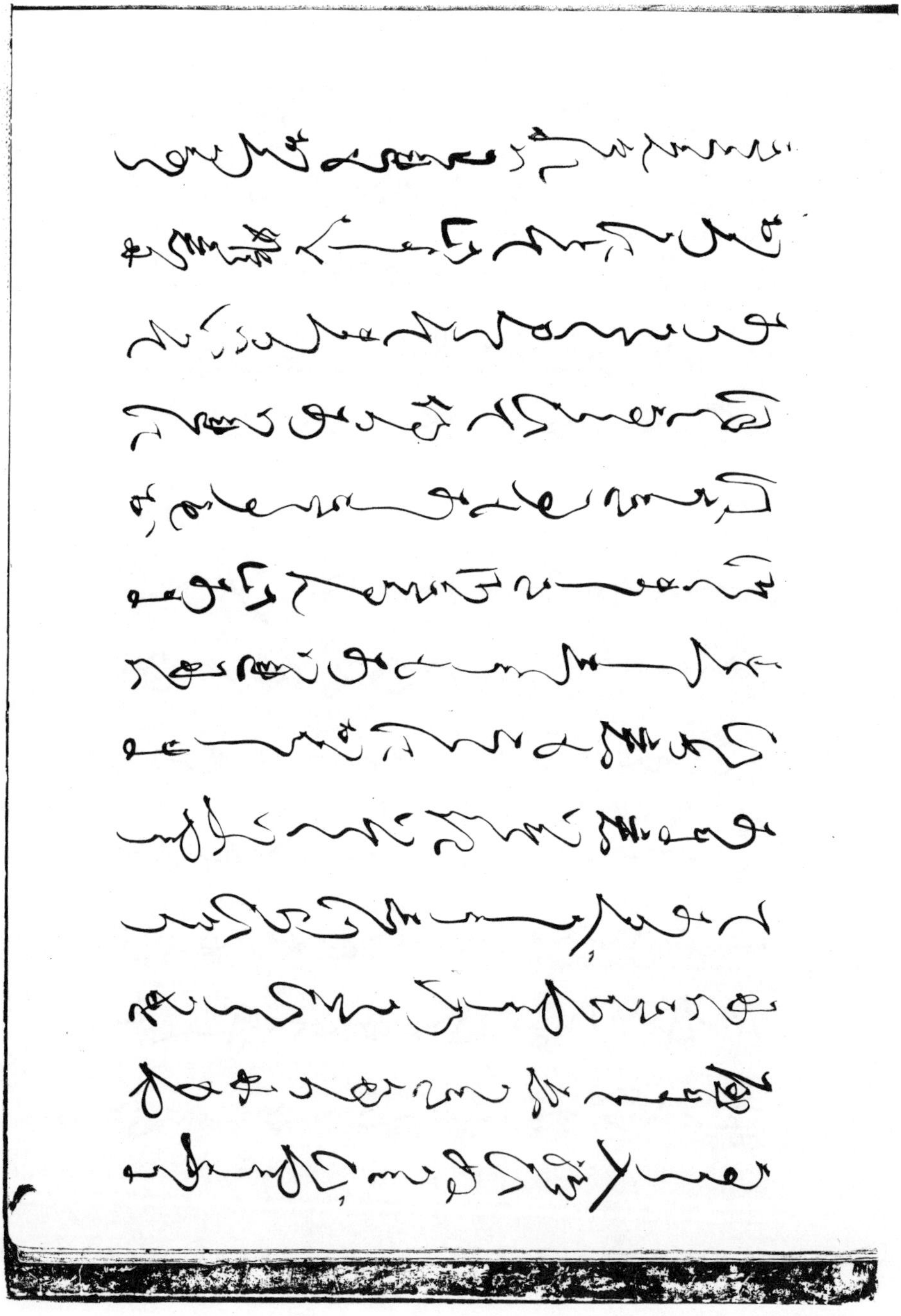

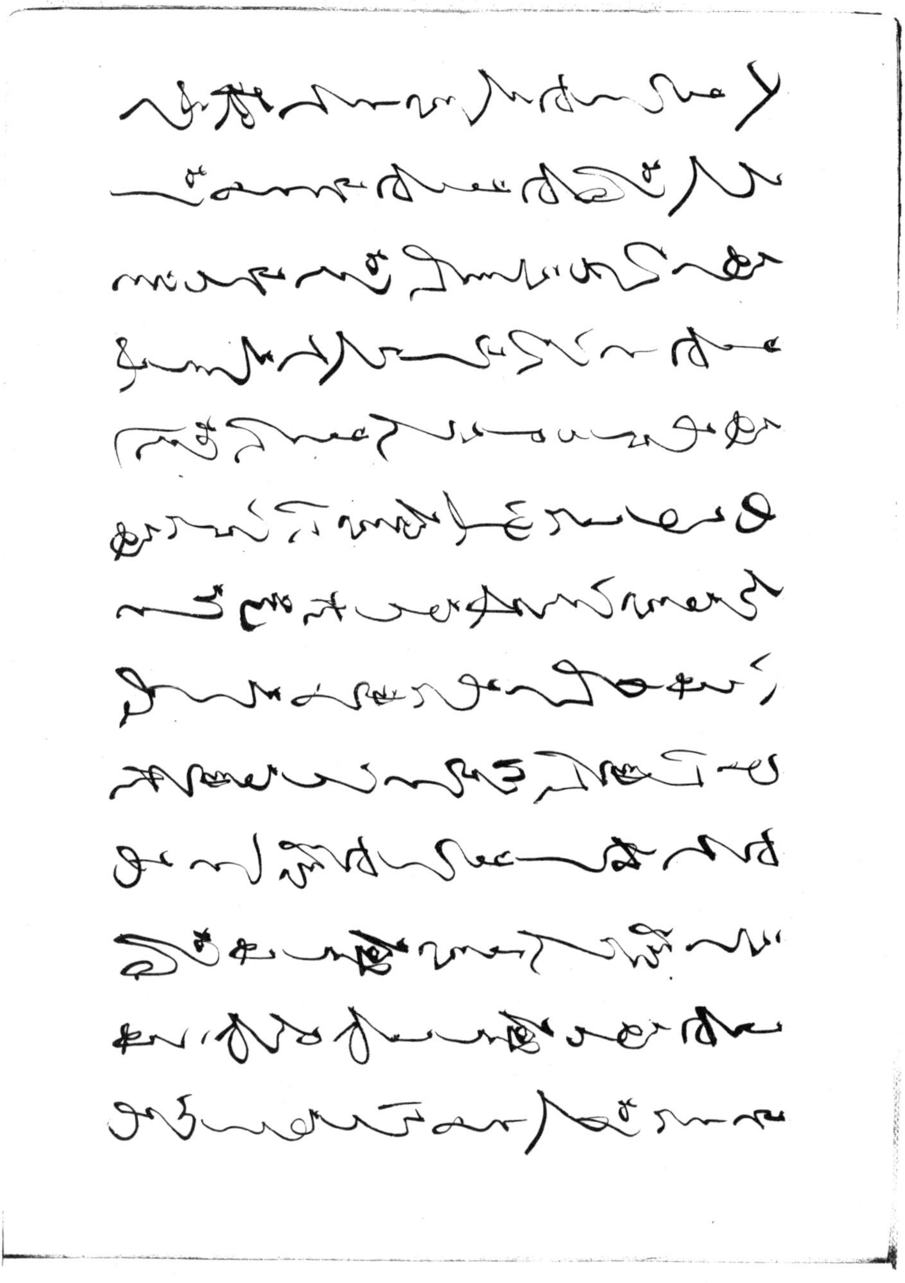

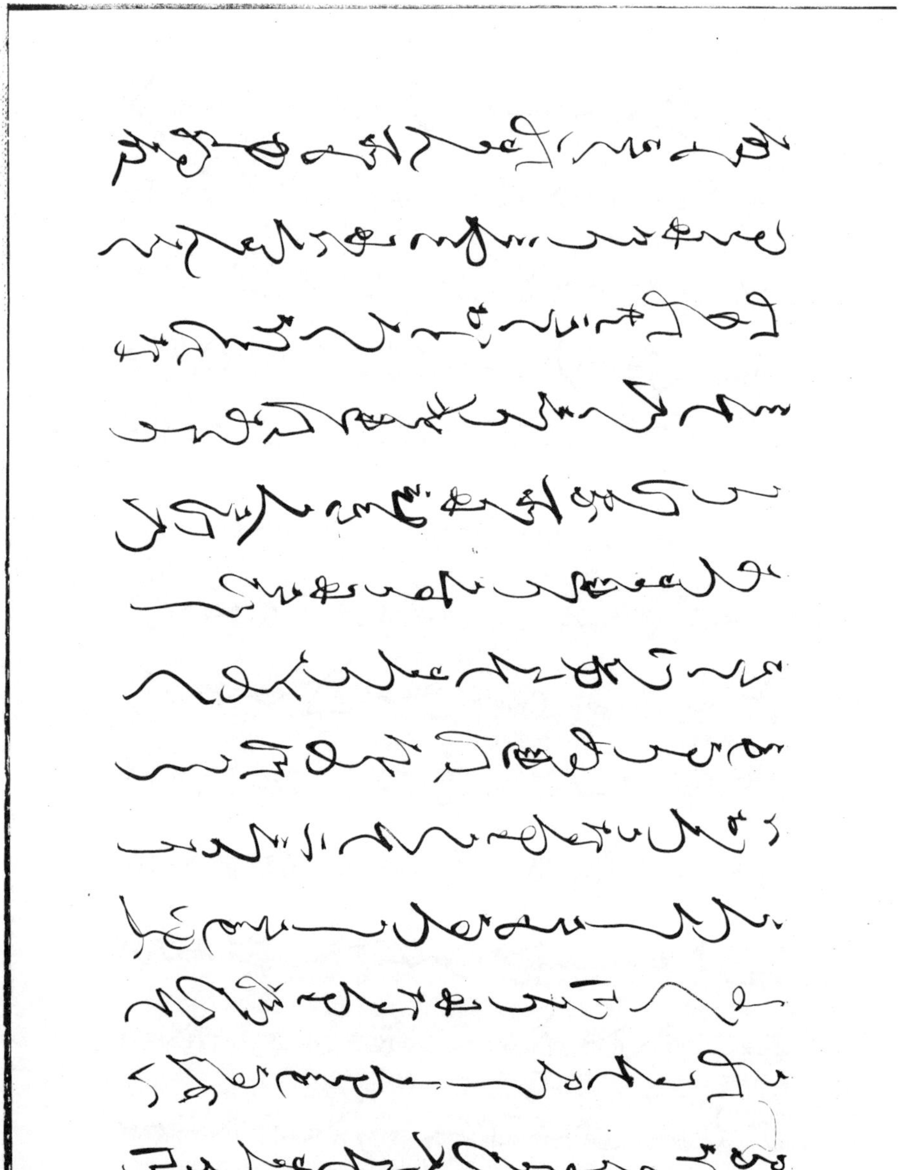

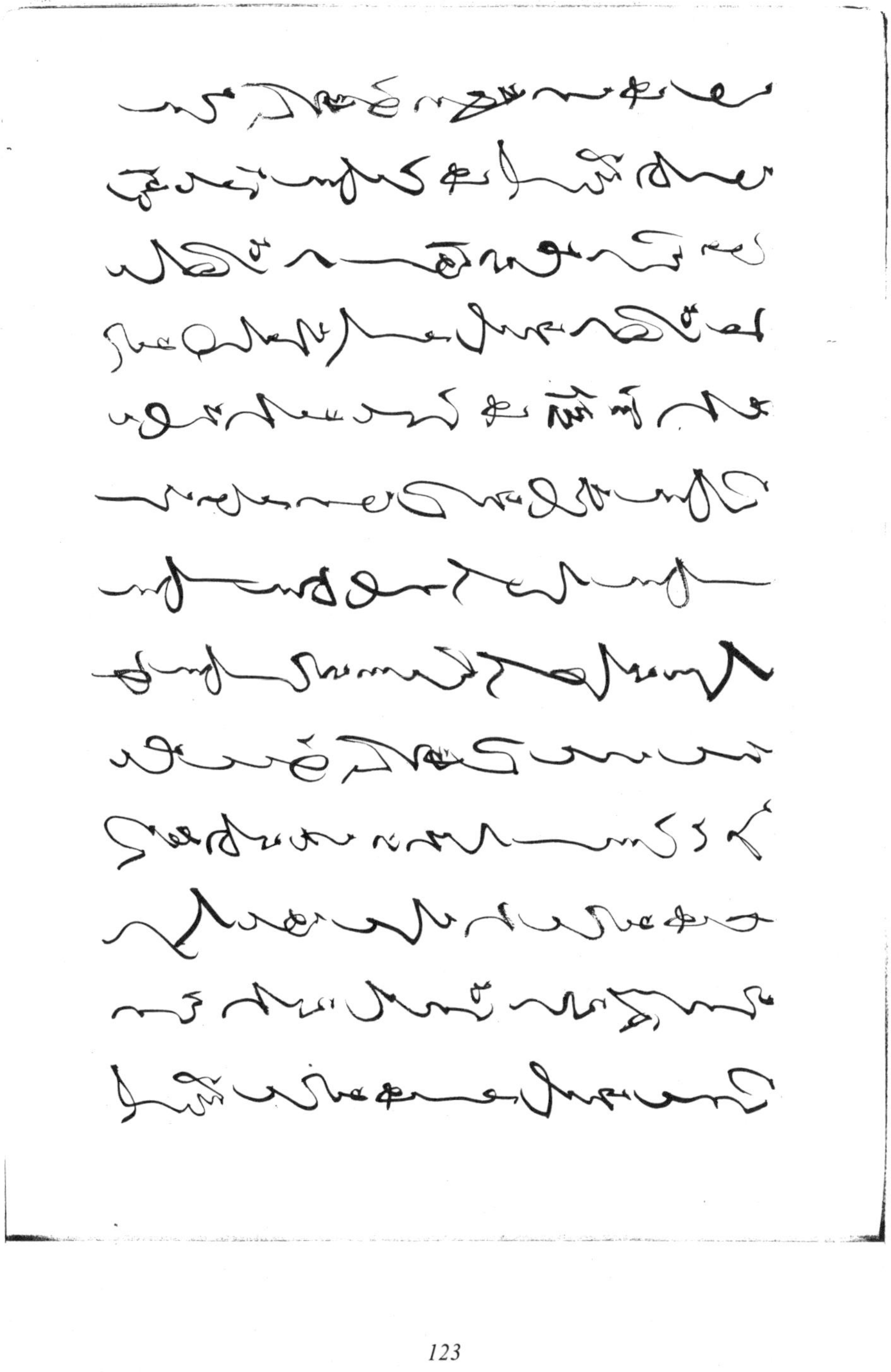

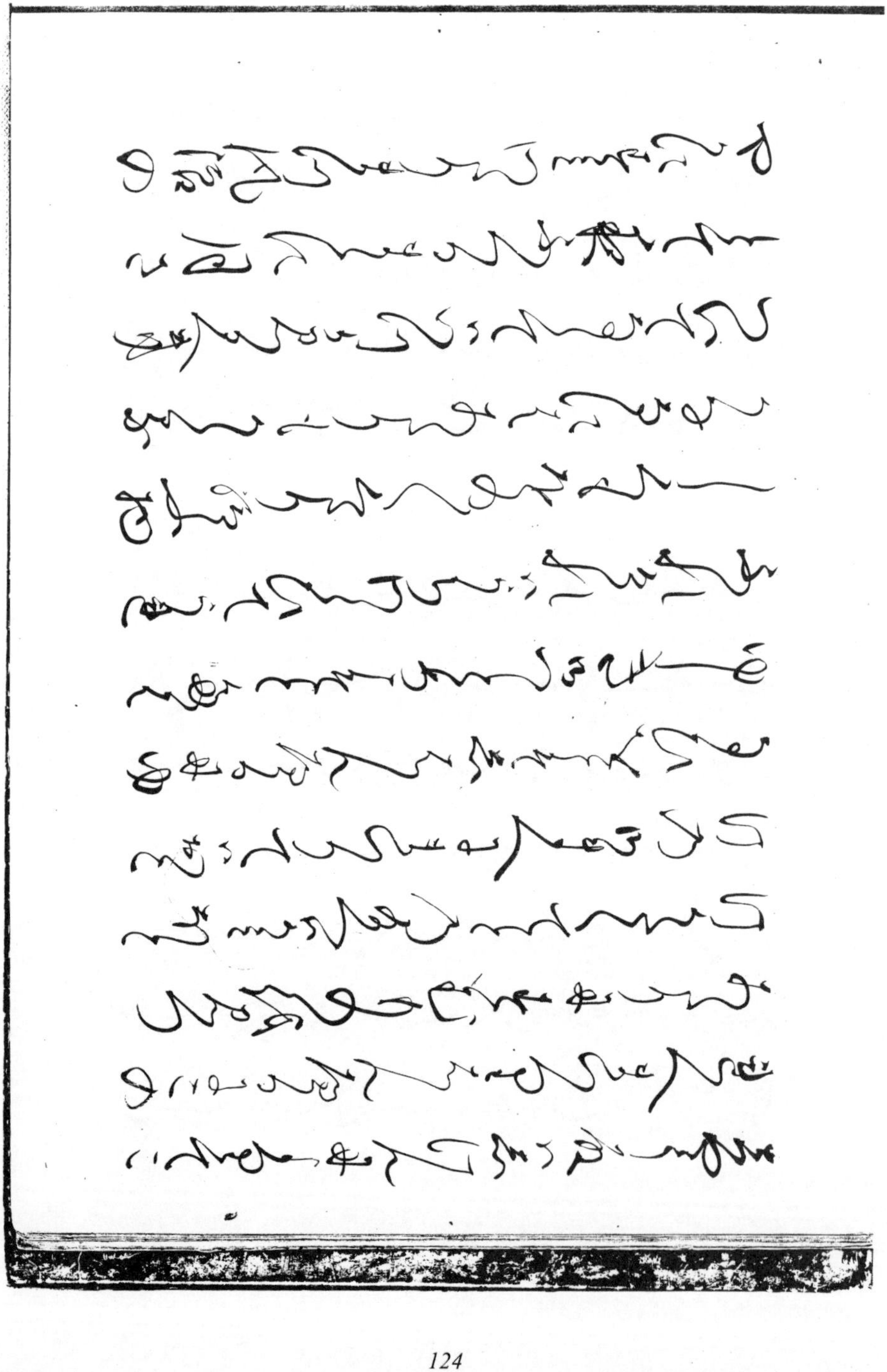

あめくひすくさらへられと
もともえめてはおそひあるを
さんねの中しやうなりけん
しめやうしやうにふえさうを
りんのうらはあやうぬふえさい
しやうぬ中ねはひるひやう
これもけはひやうしより
けふこそうあまうこしもし
さうてもそうてつらうてあけ
めでたはあまくもめうしやうそれ
つくさせてこ海くのおそひ
さしけひけ分

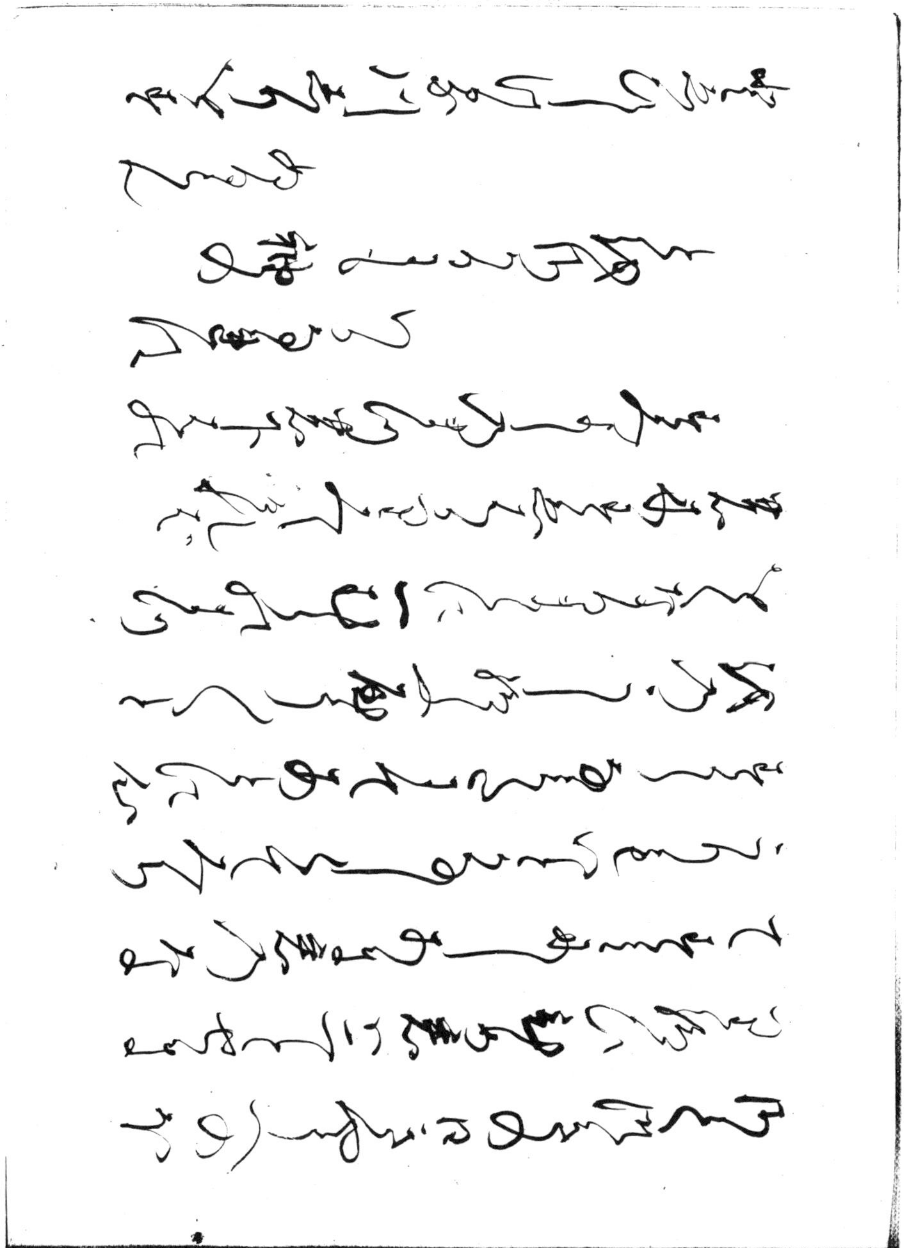

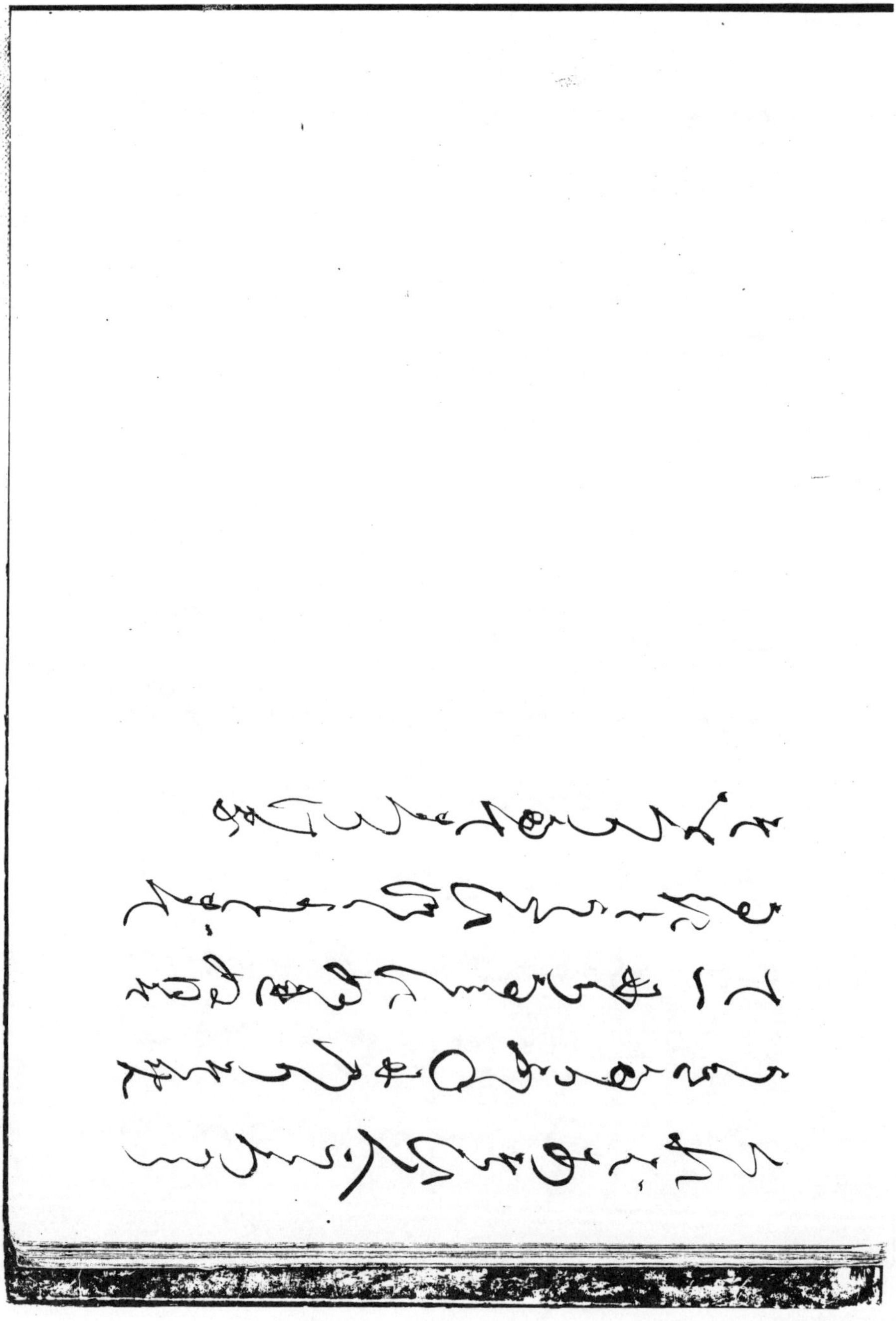

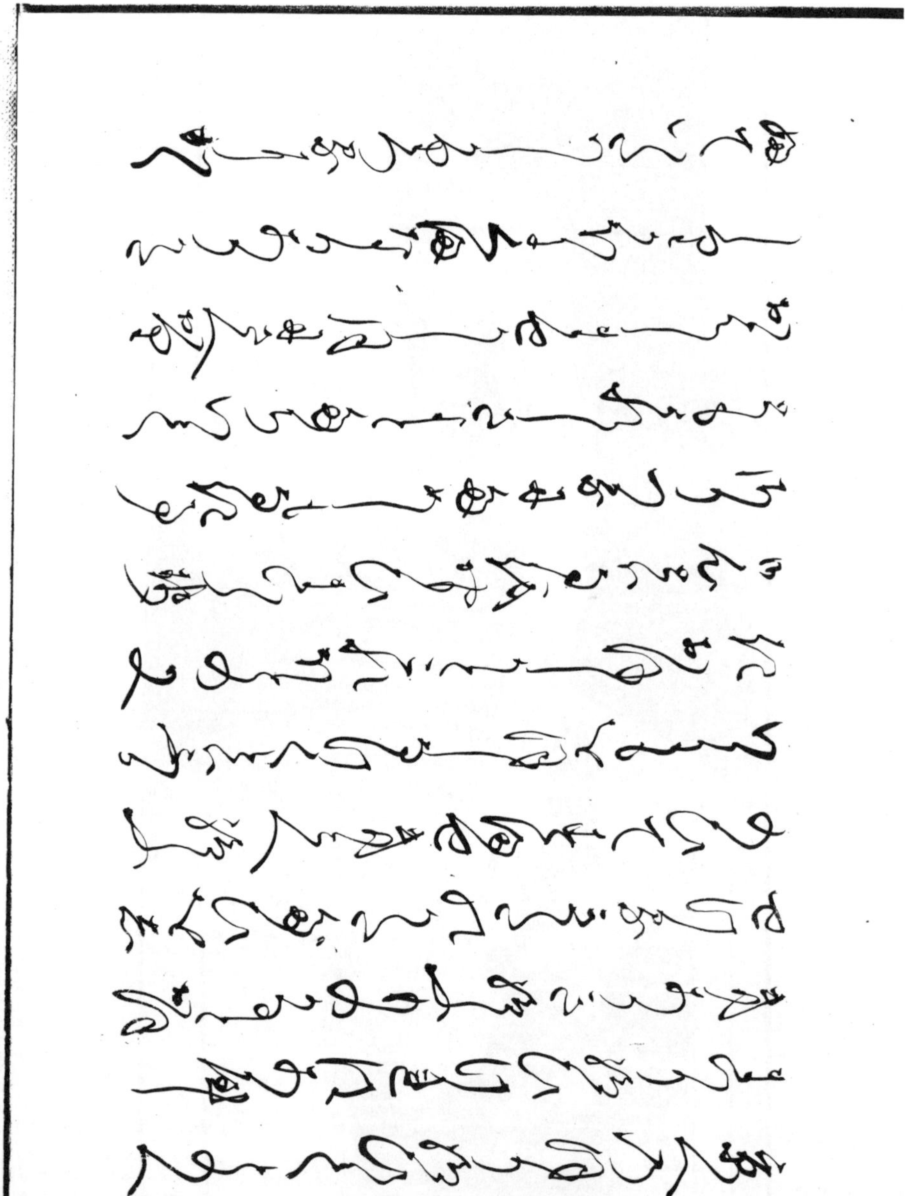

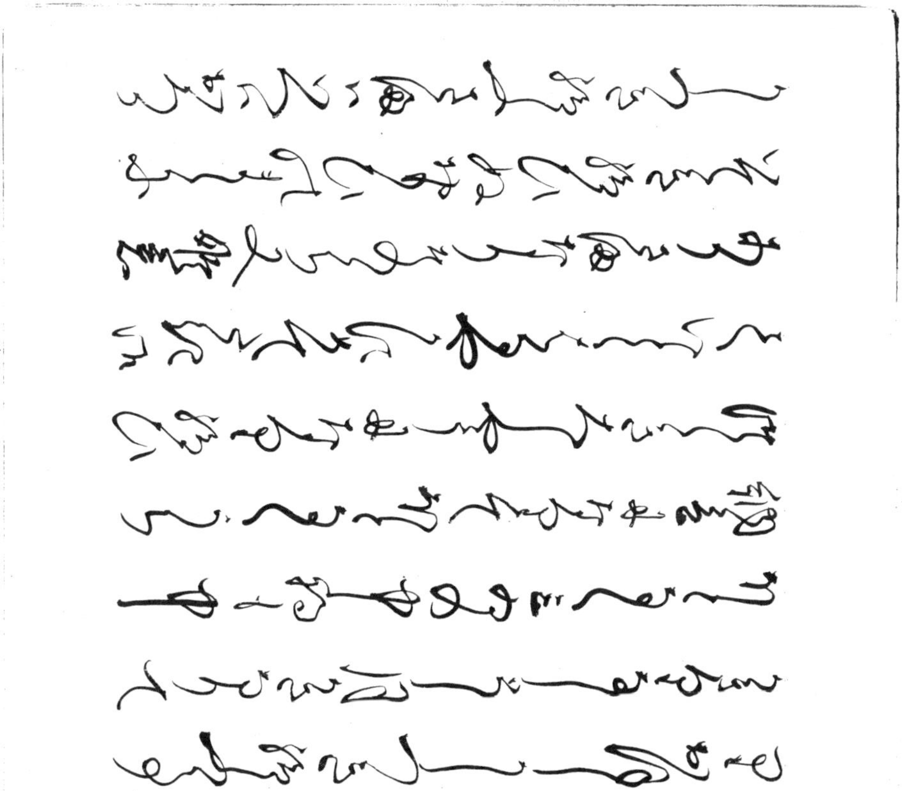

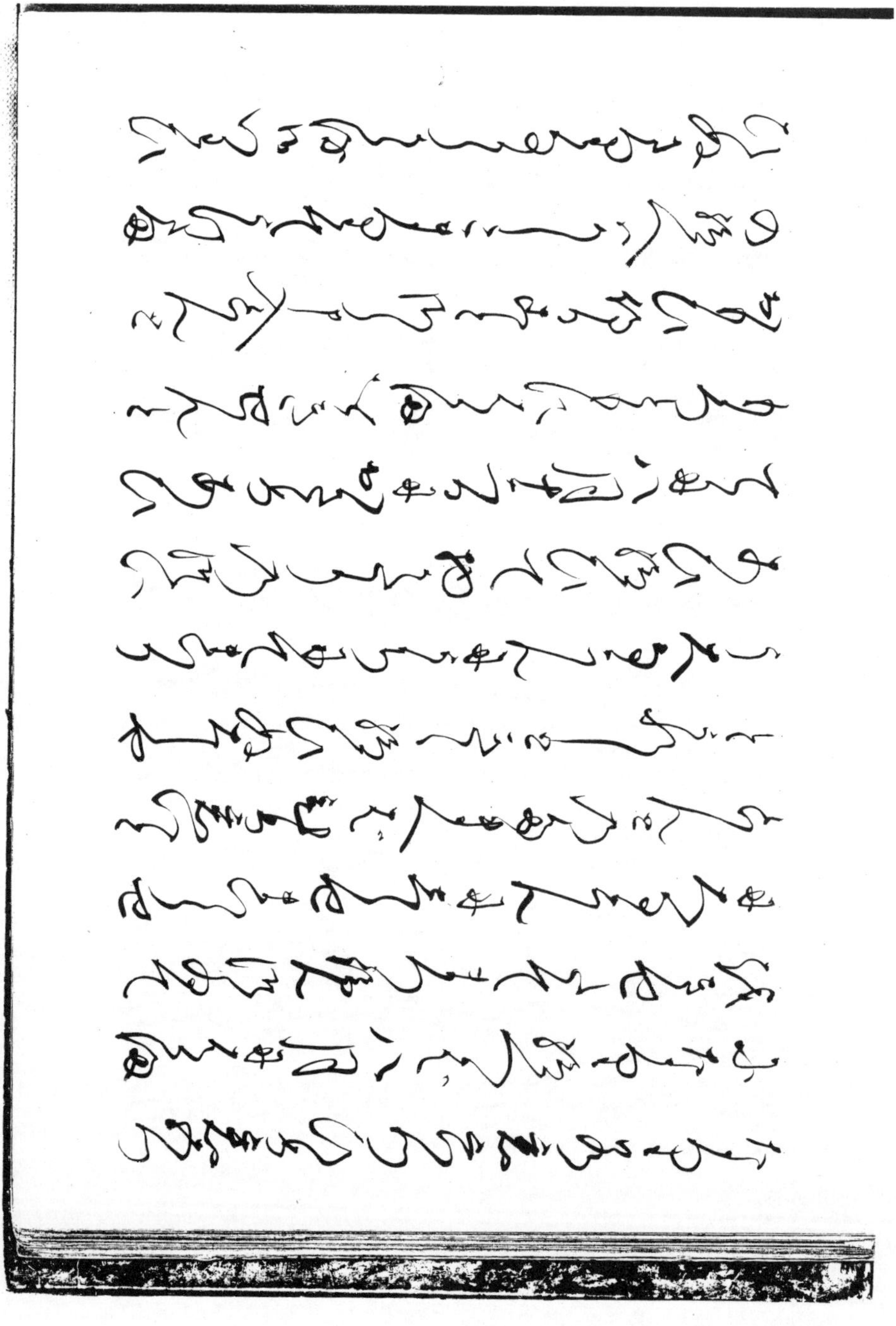

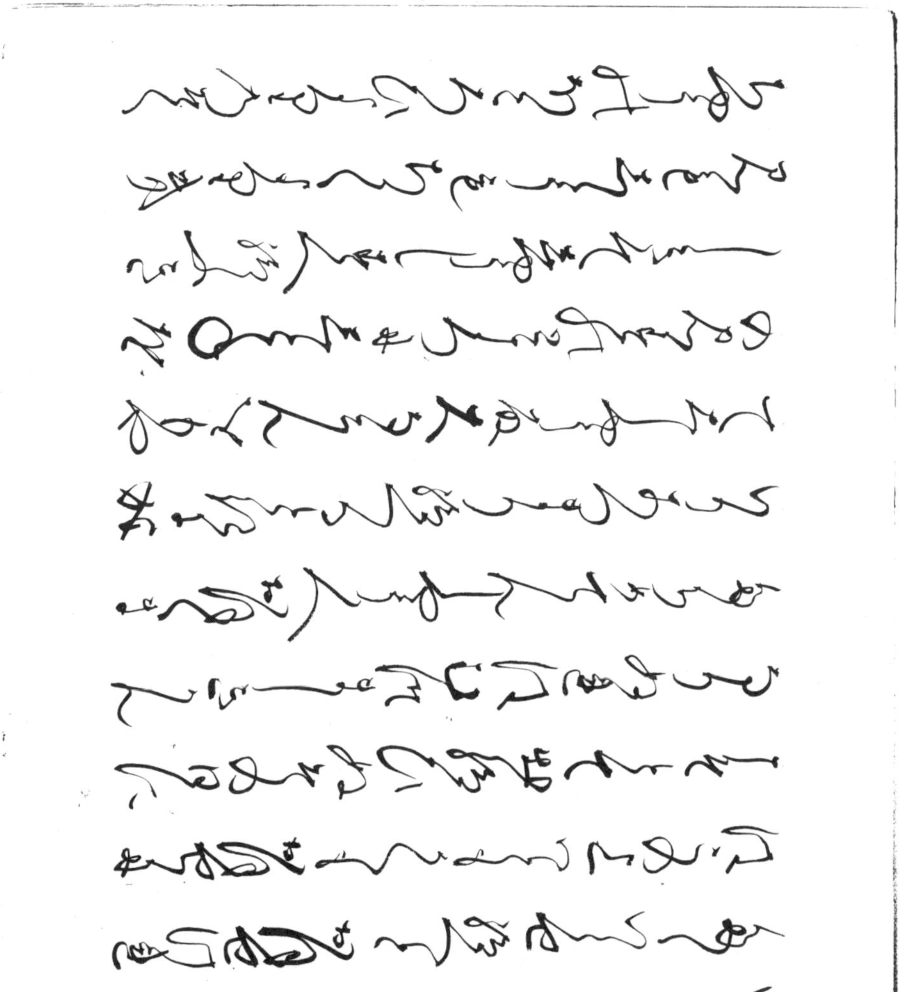

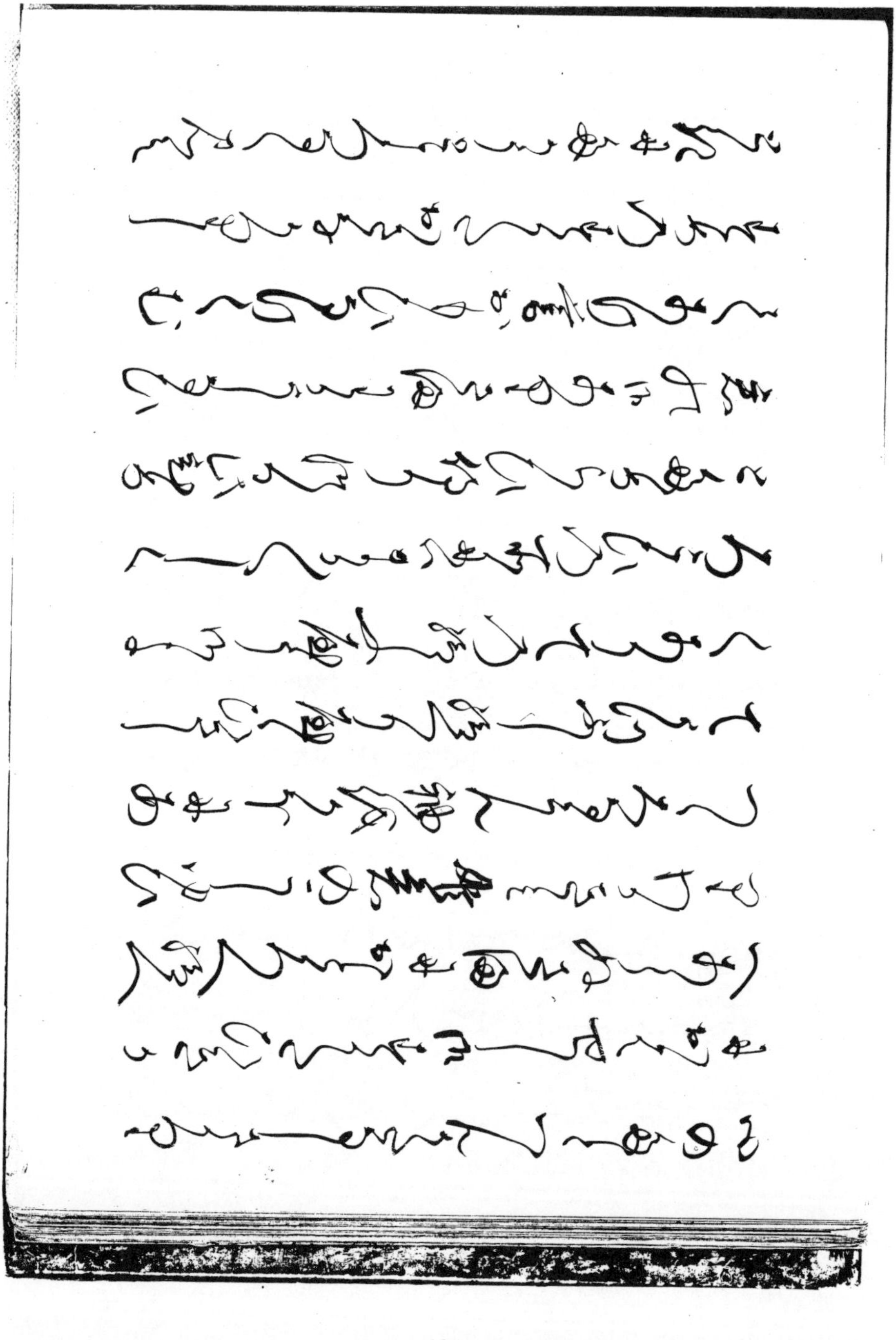

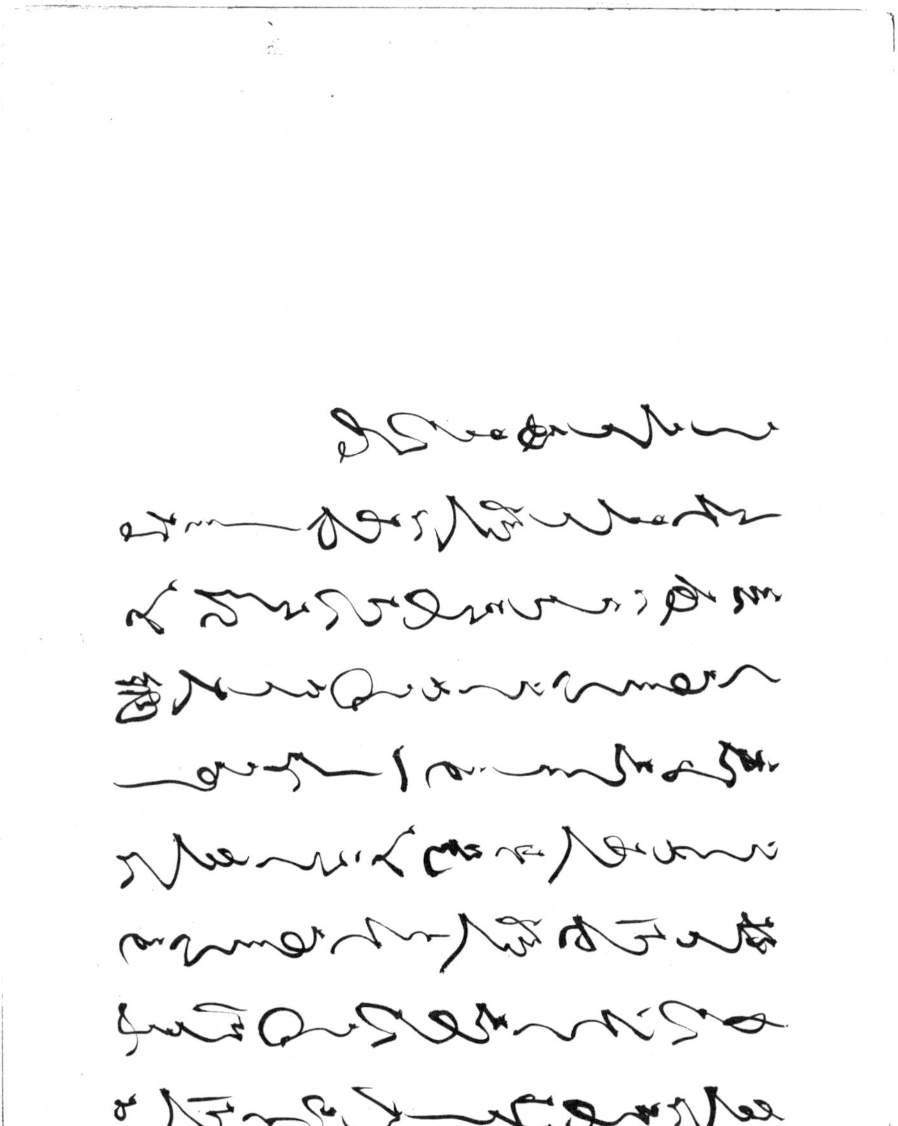

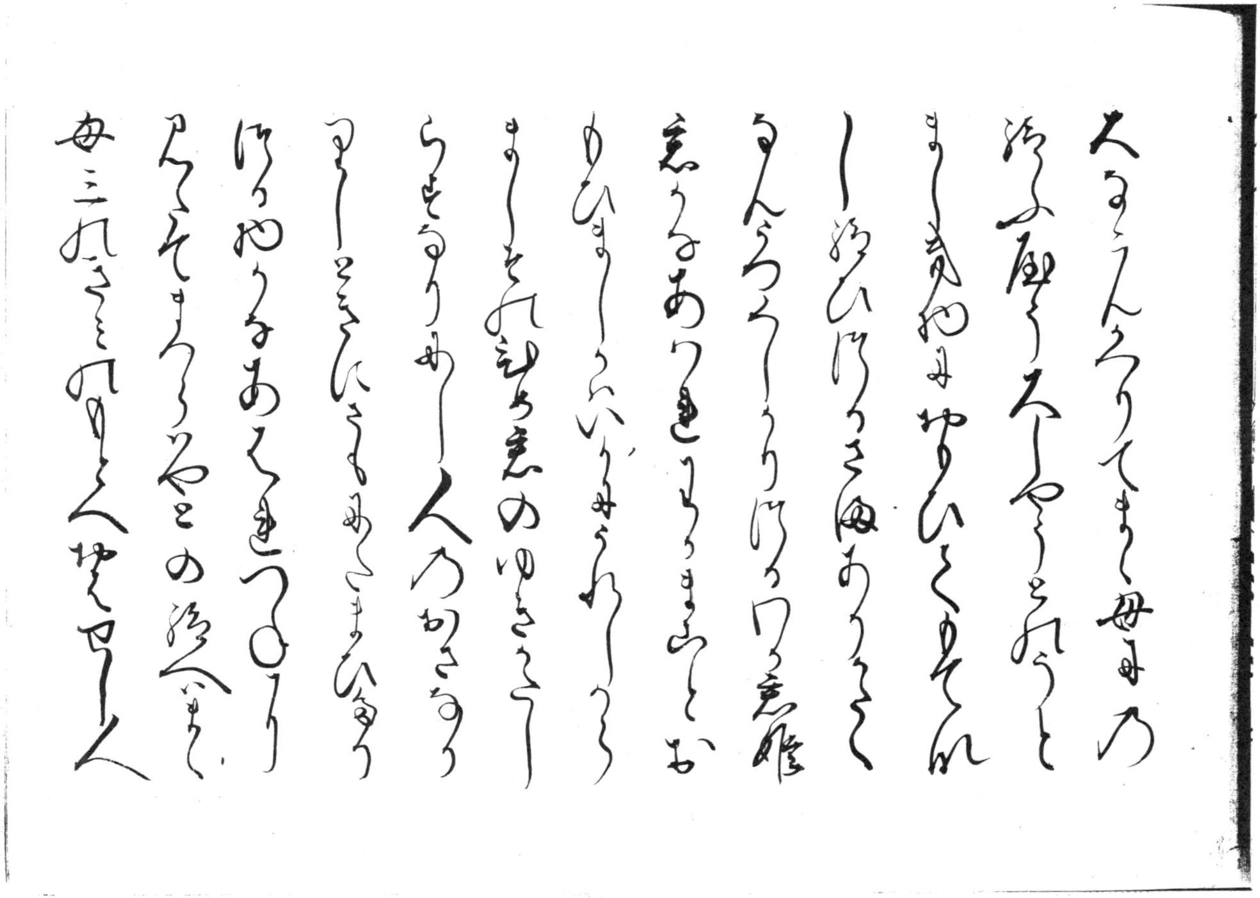

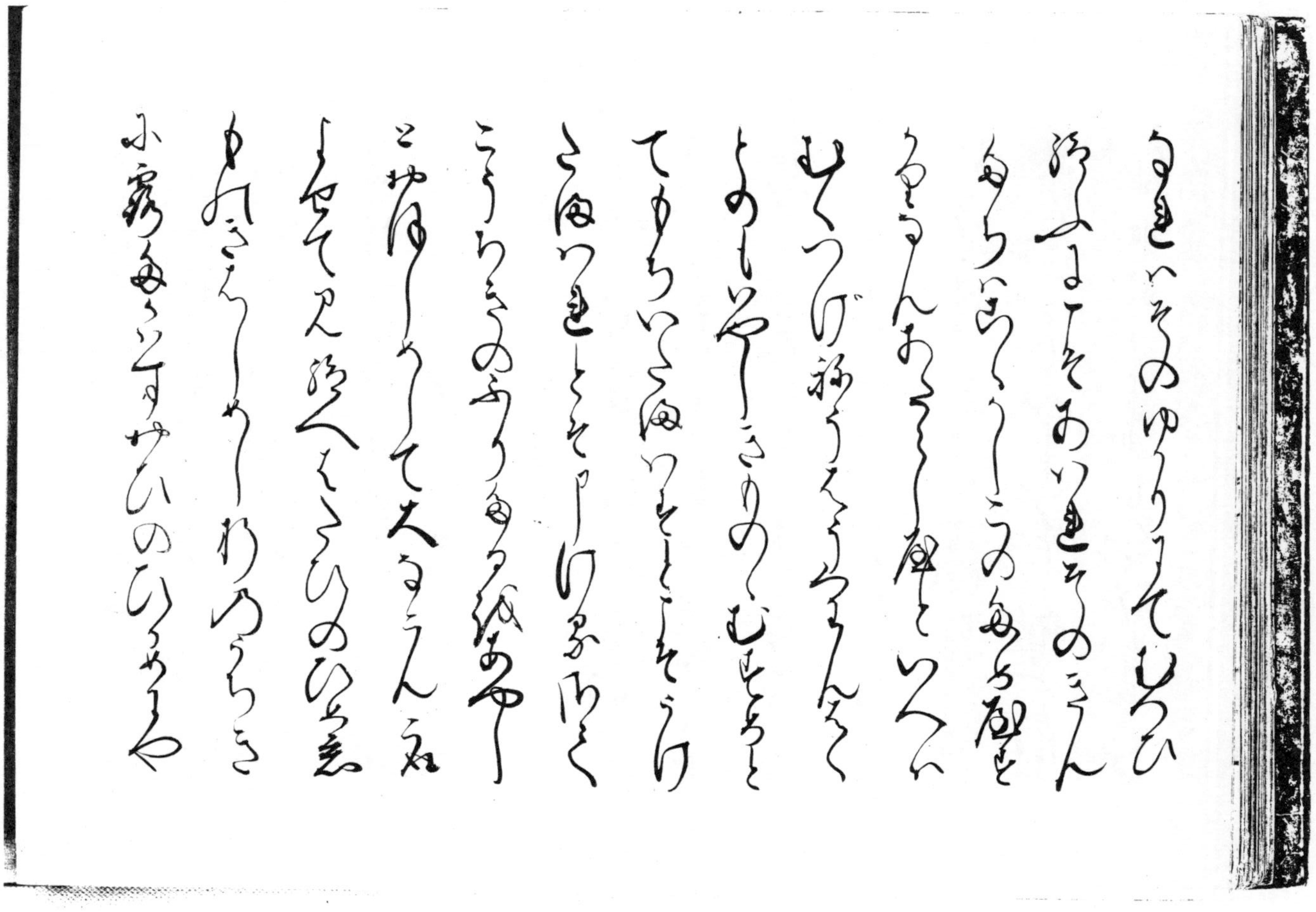

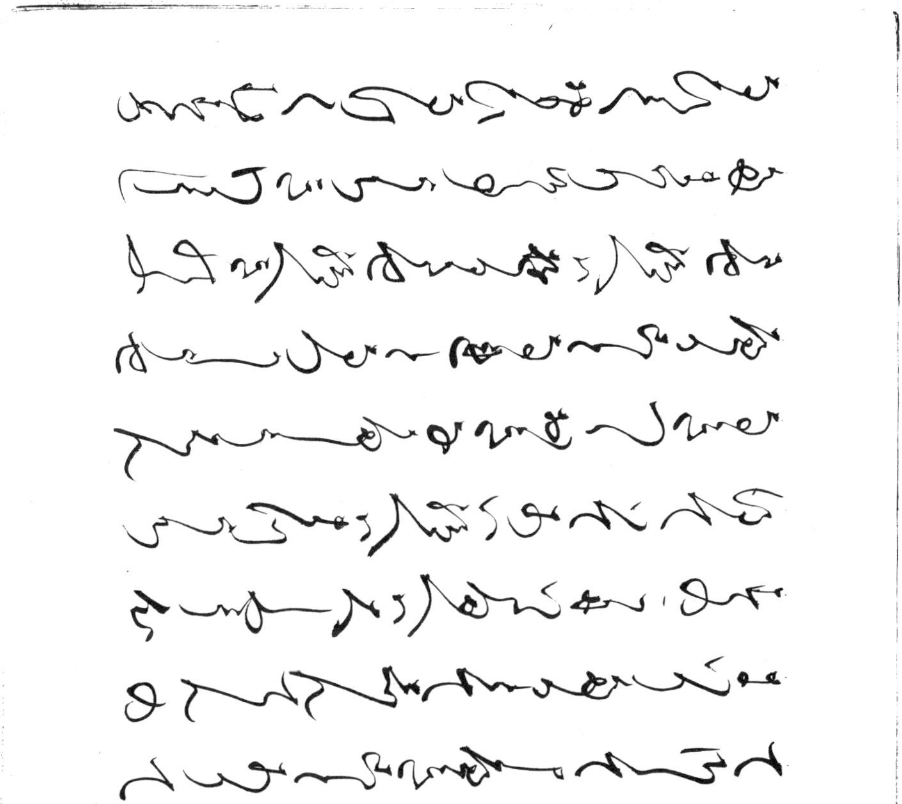

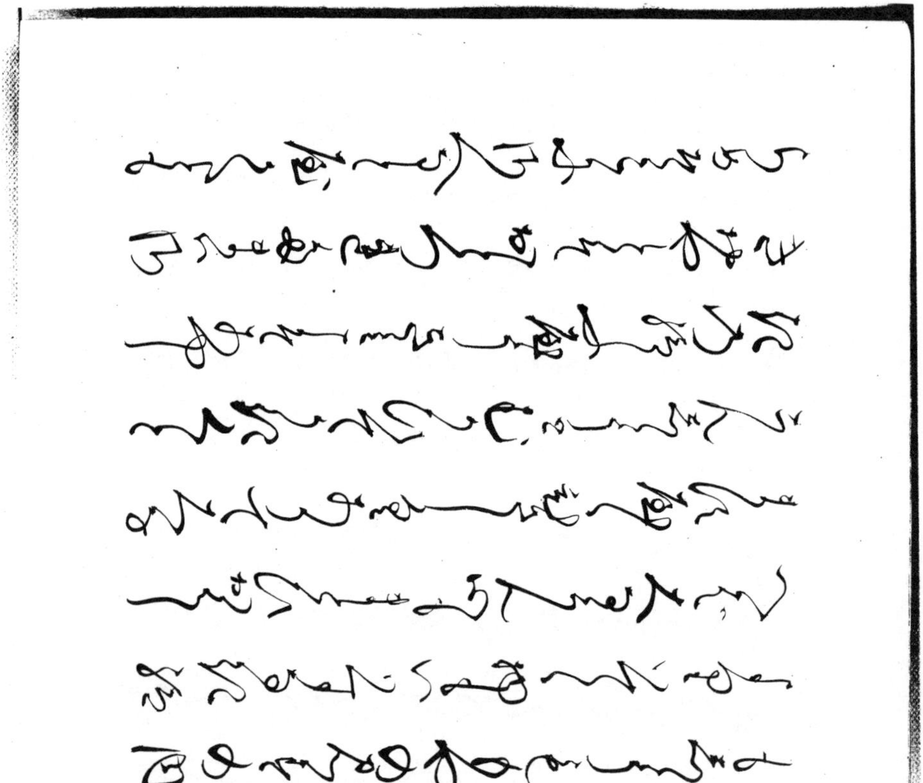

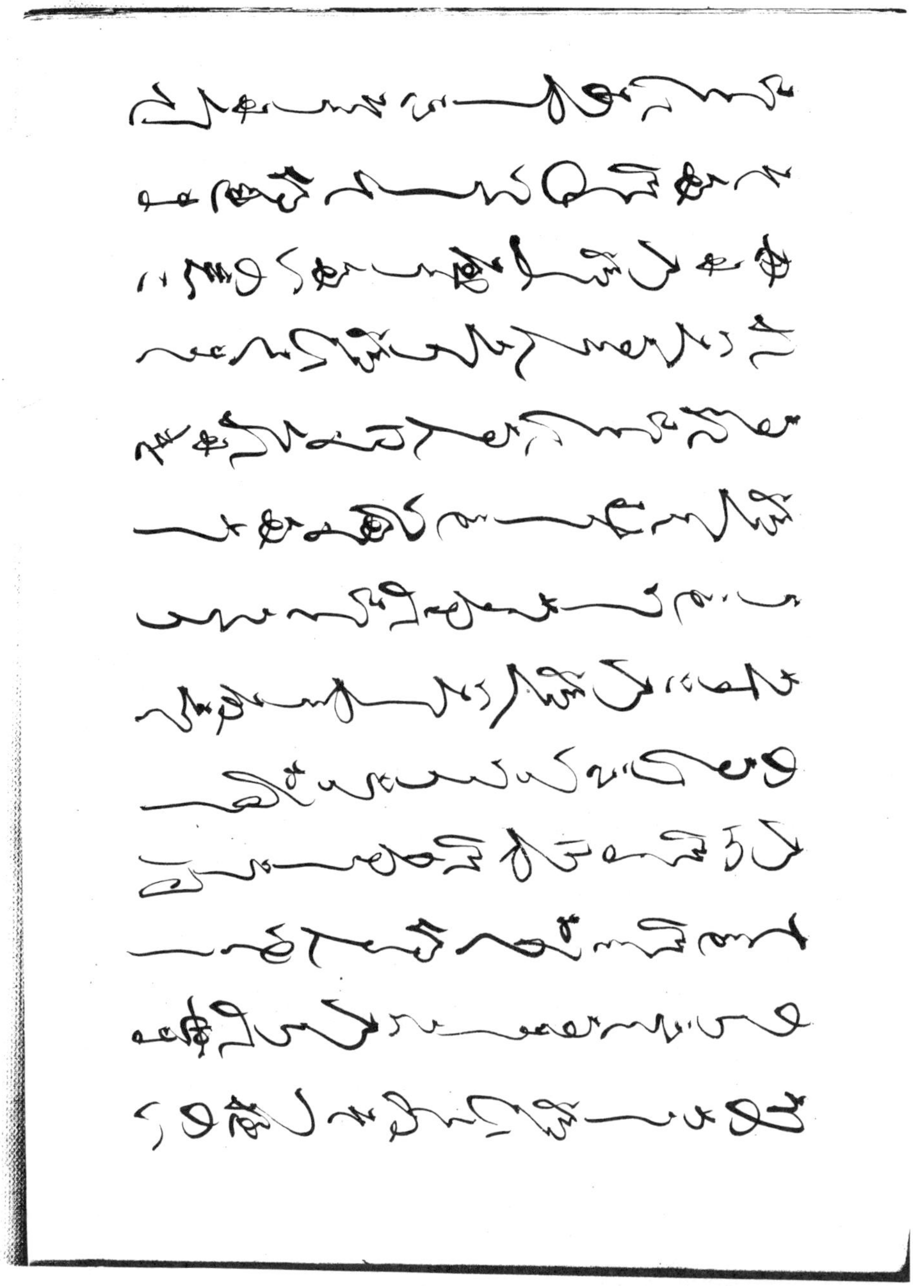

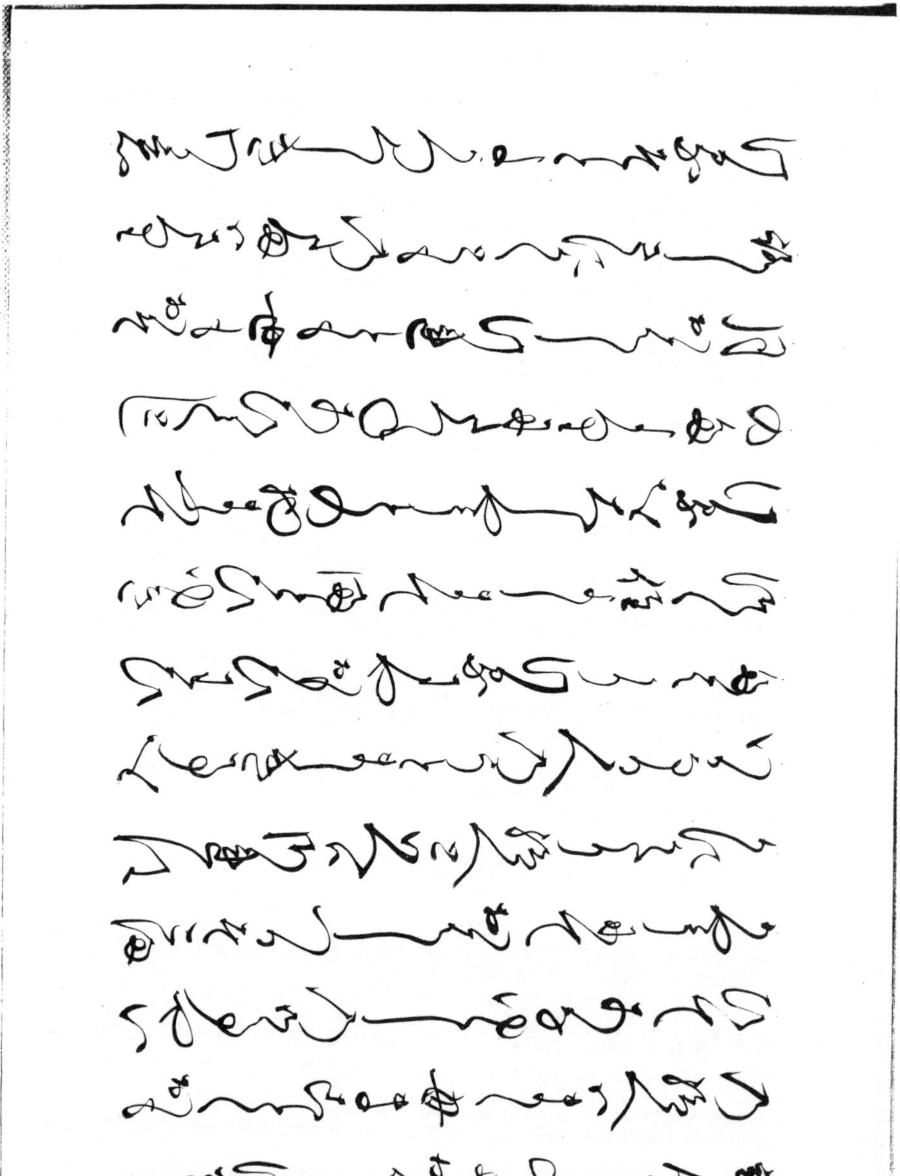

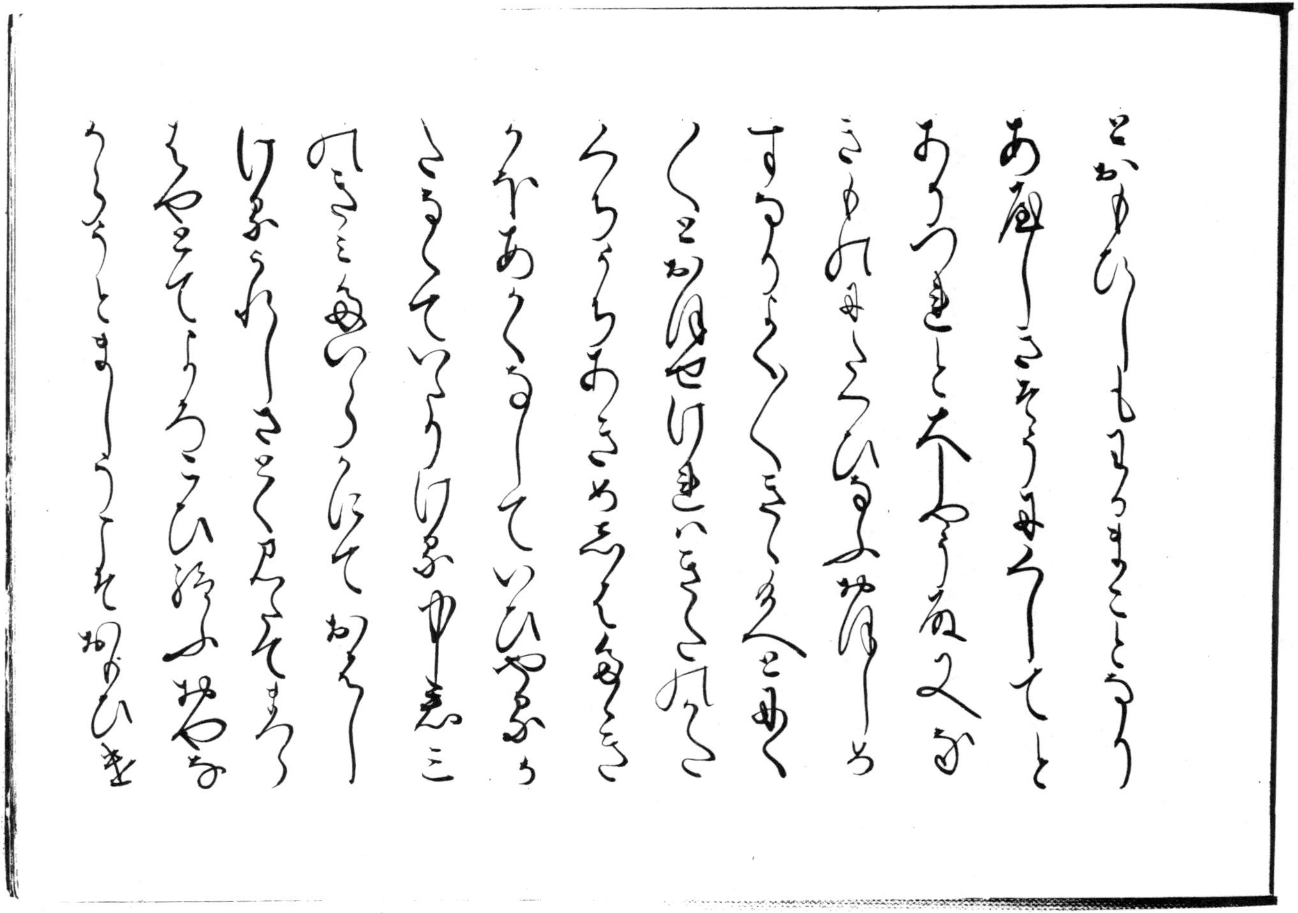

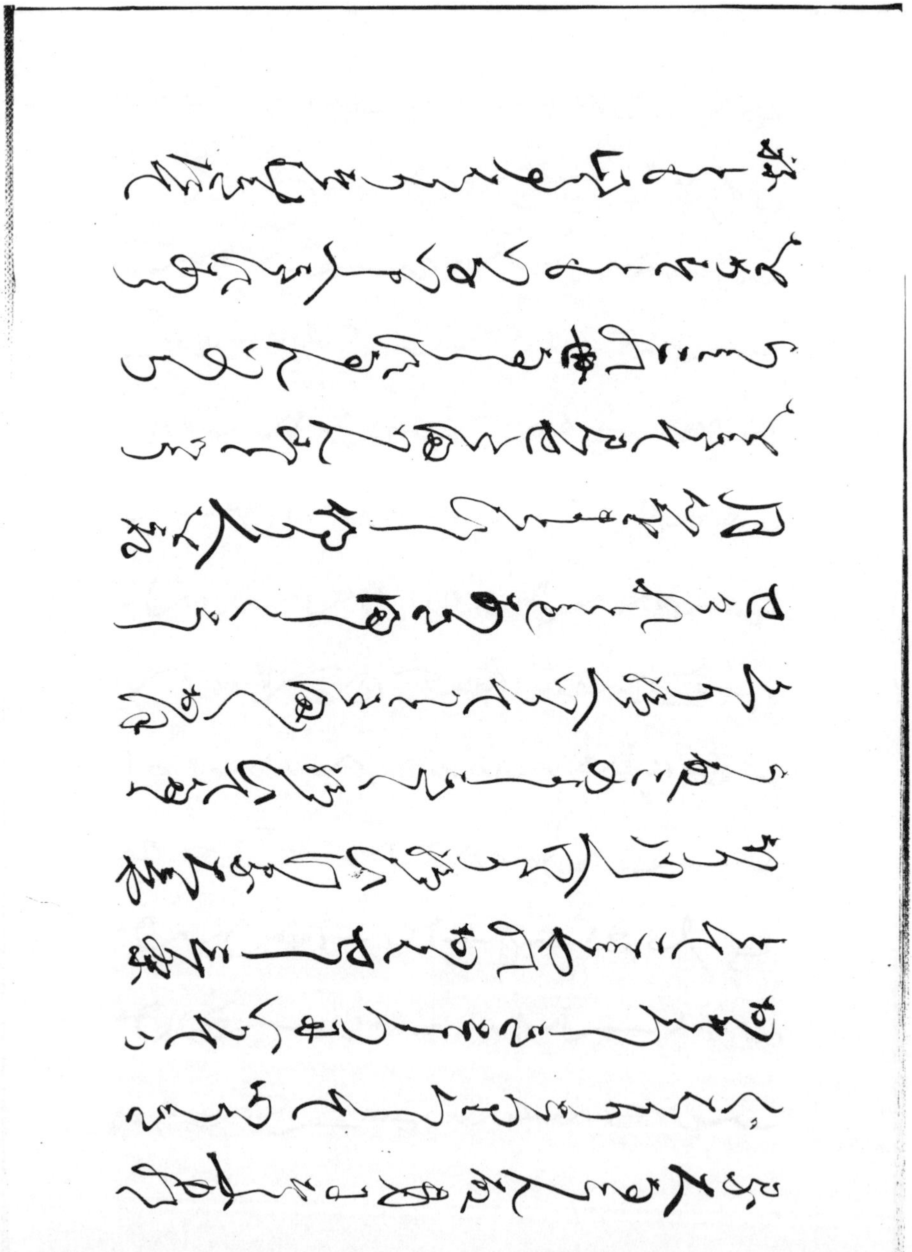

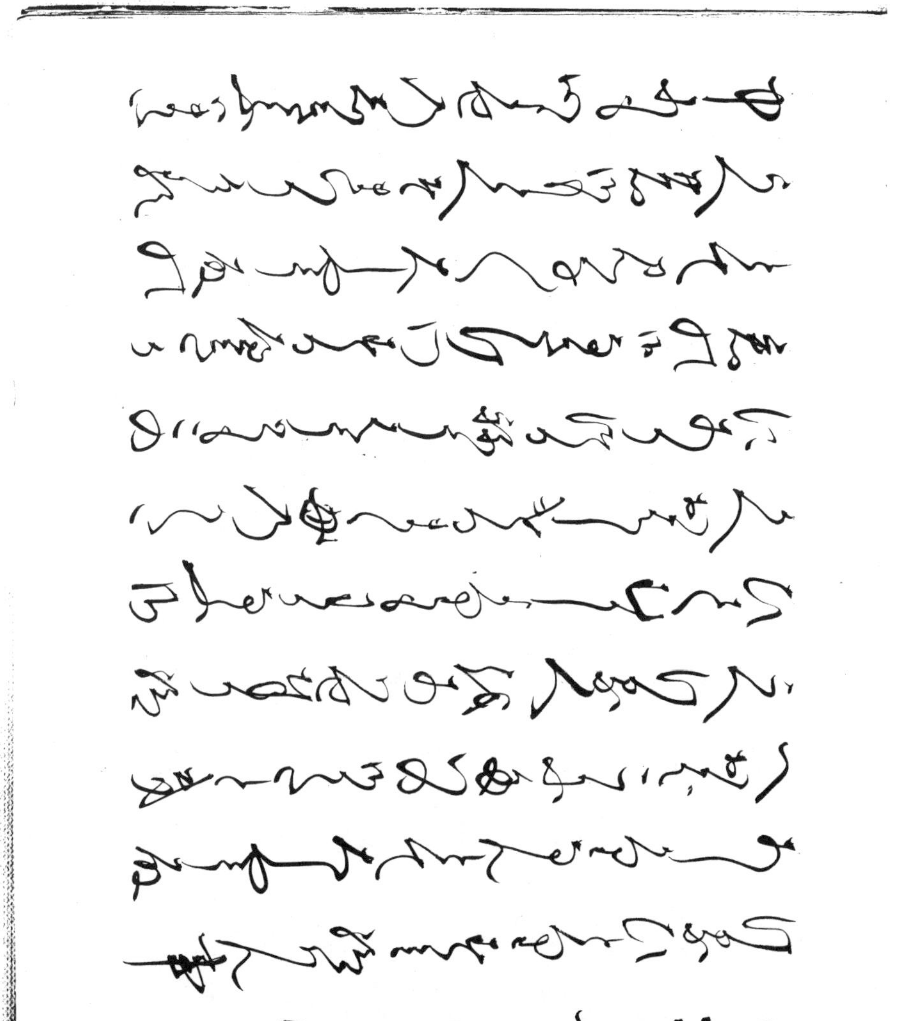

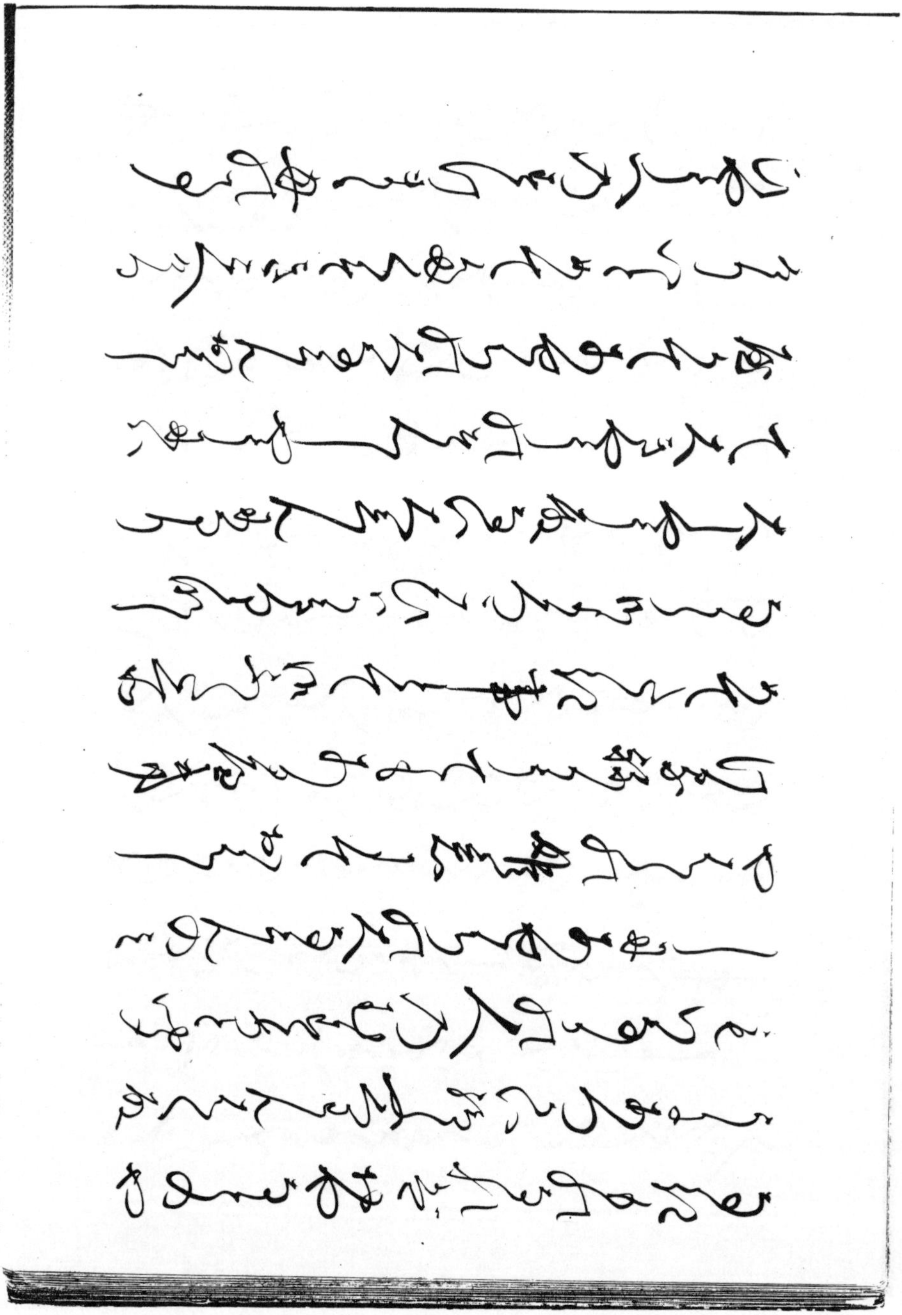

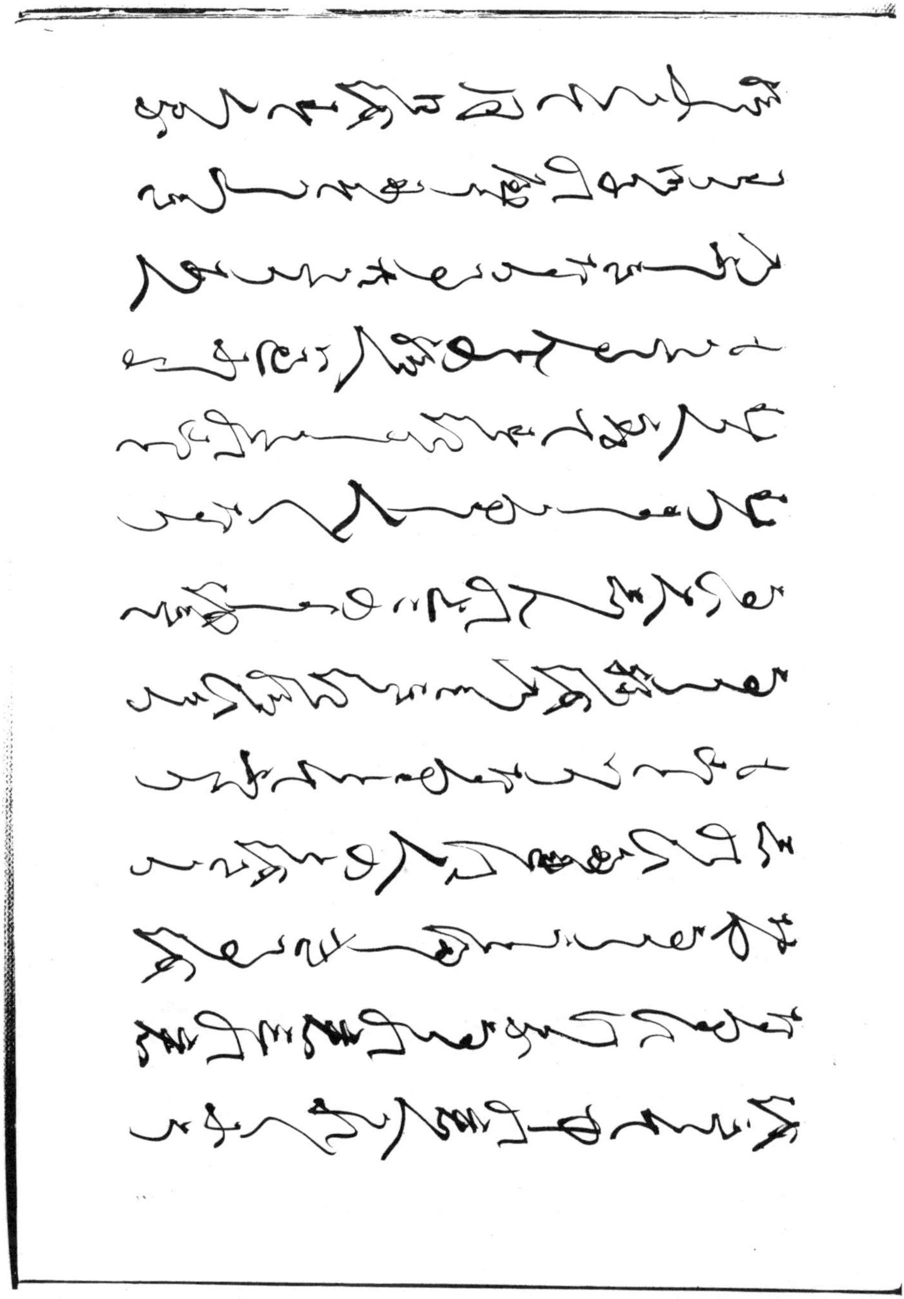

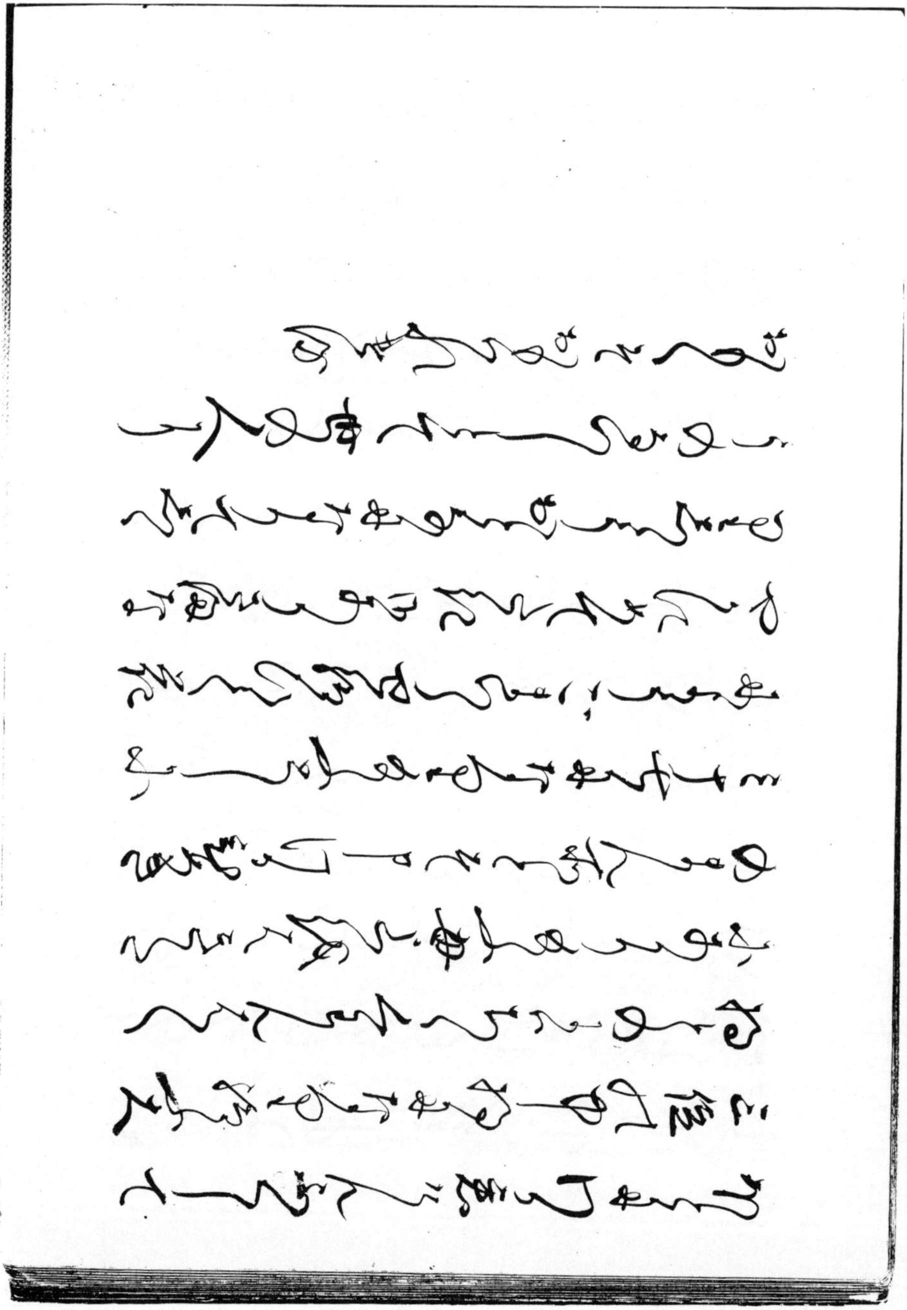

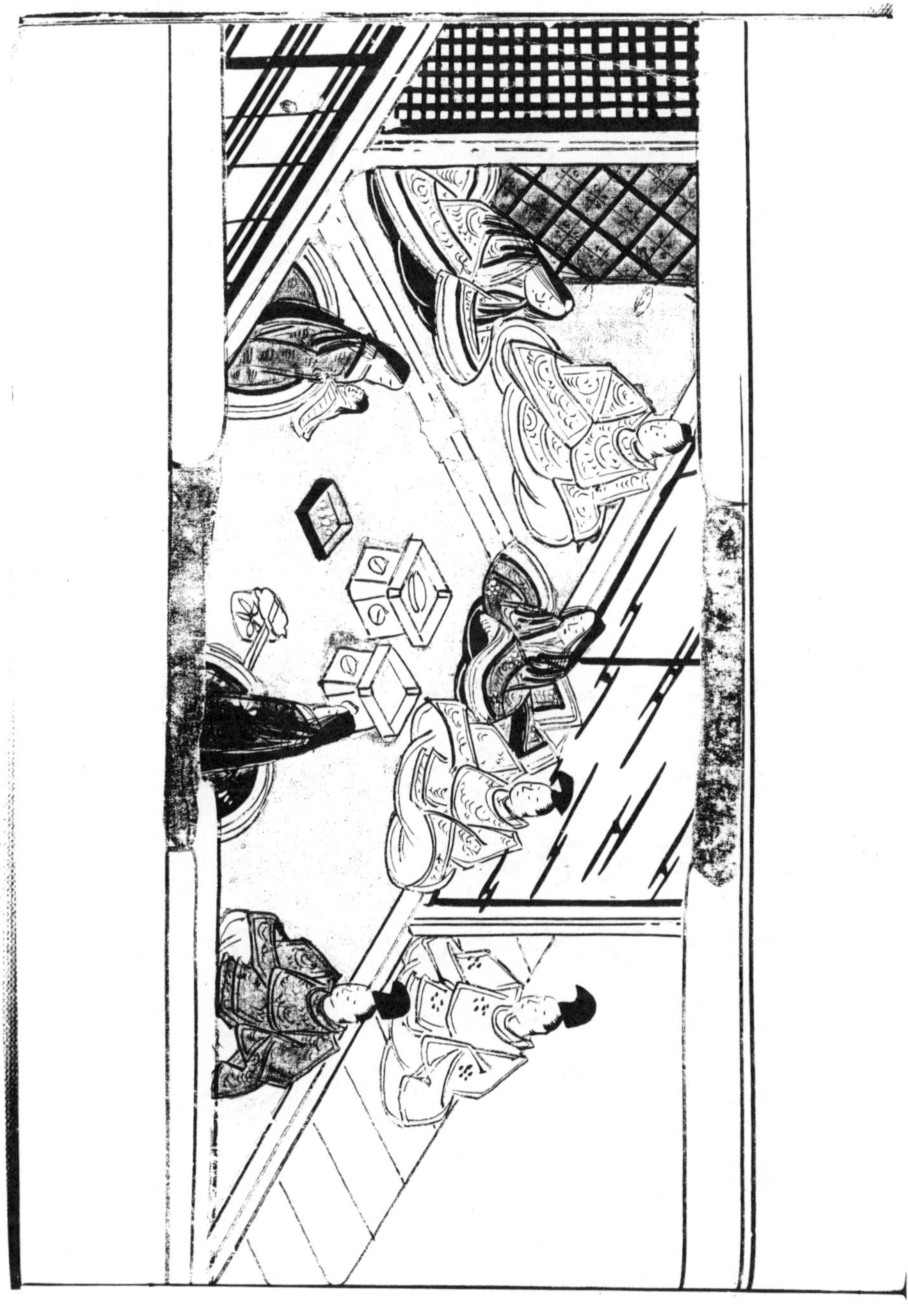

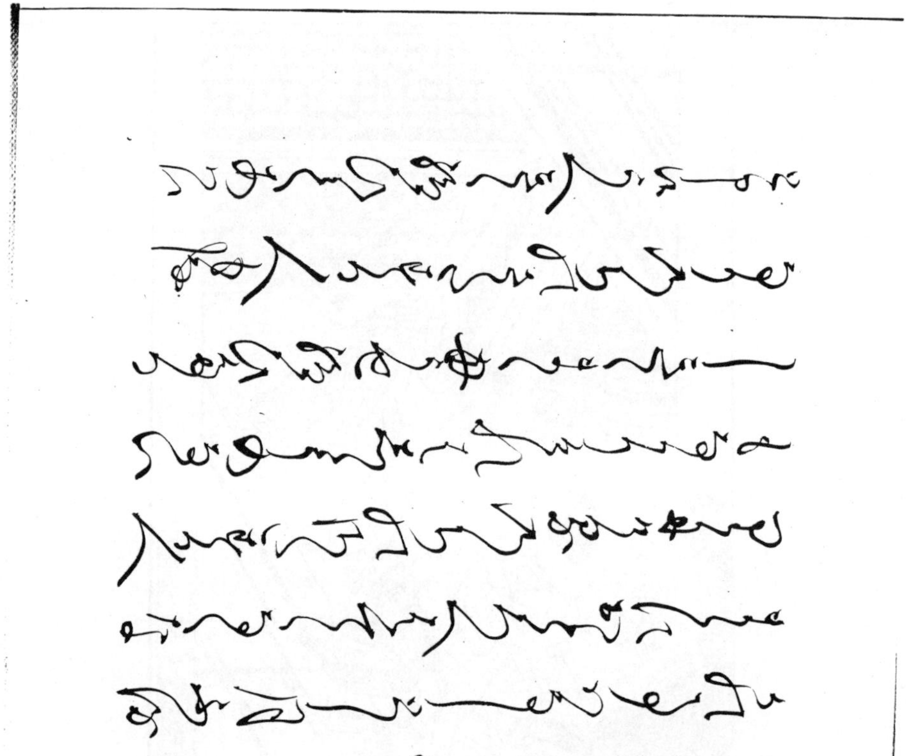

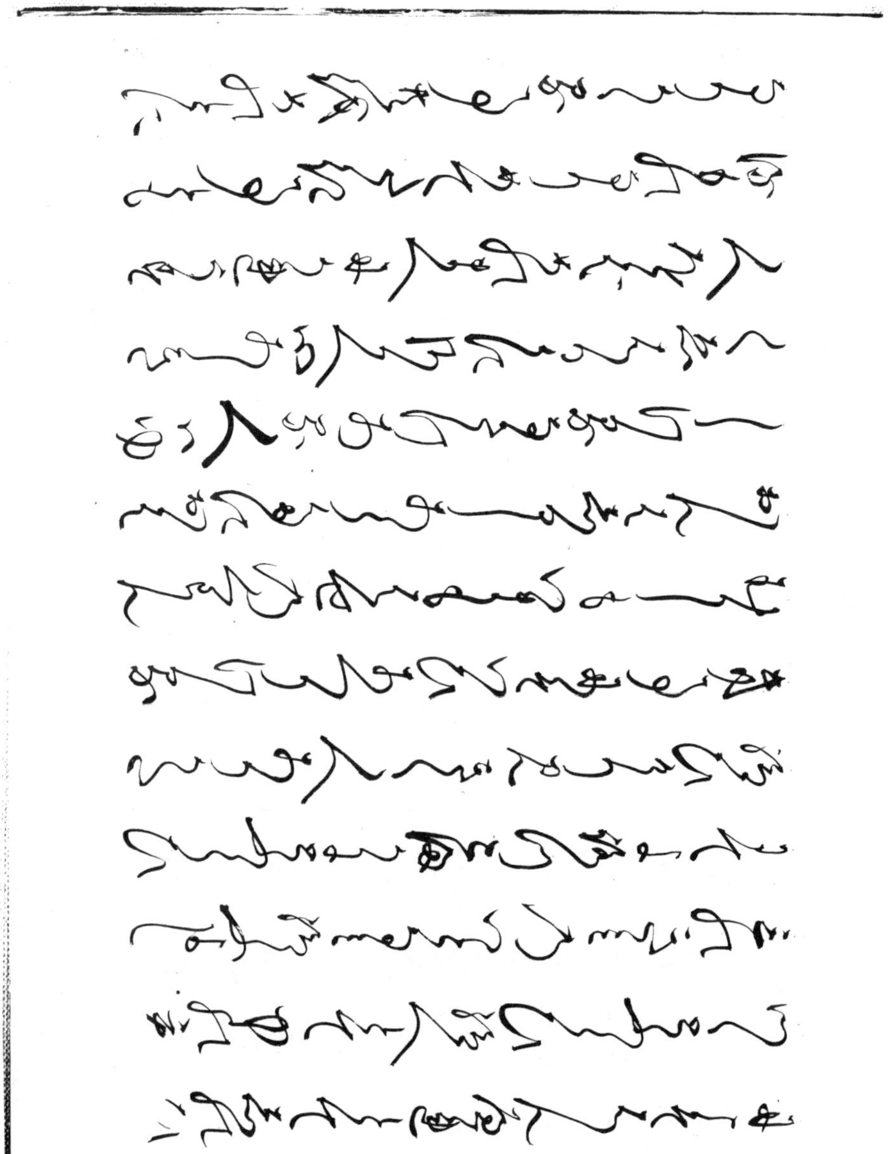

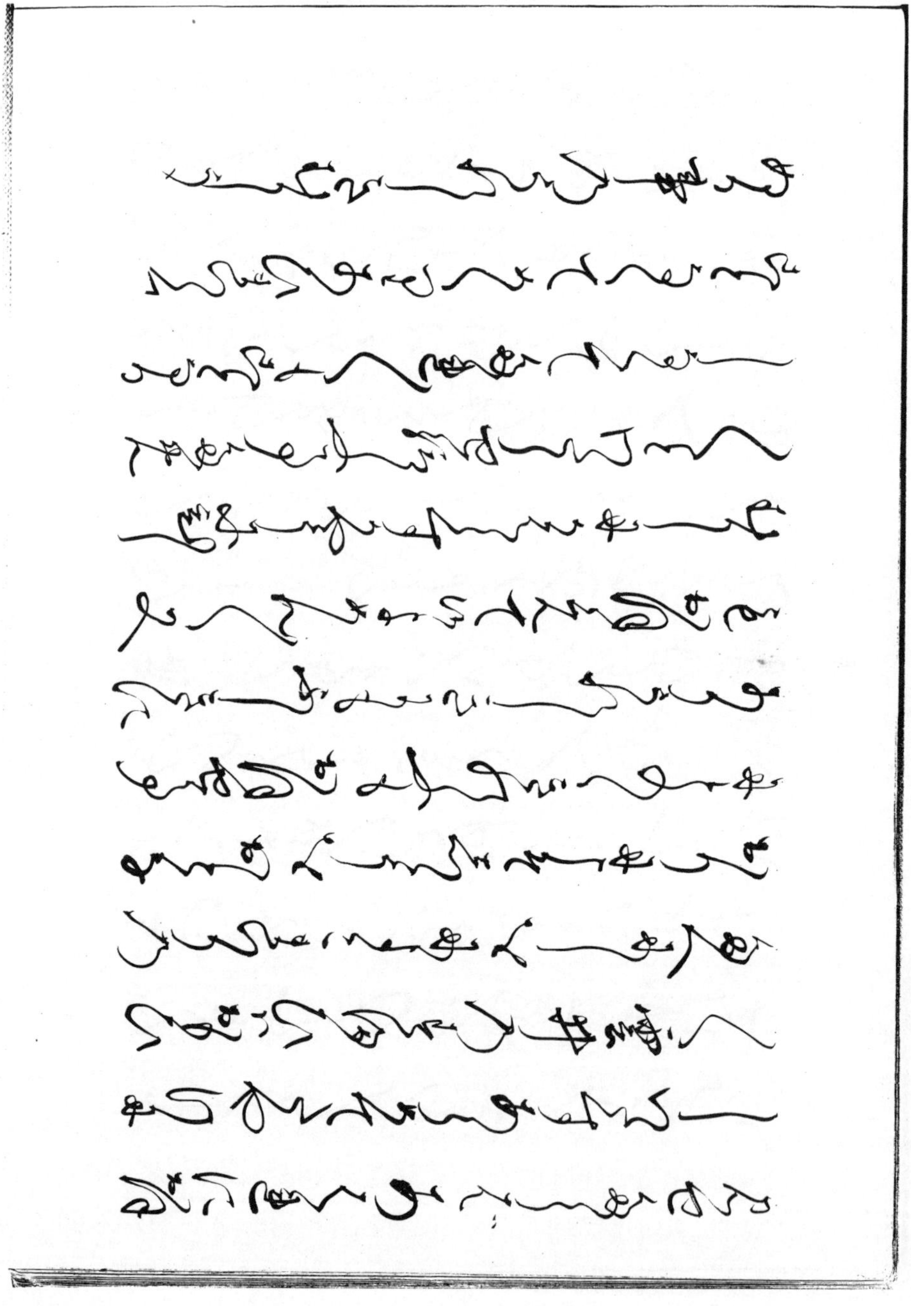

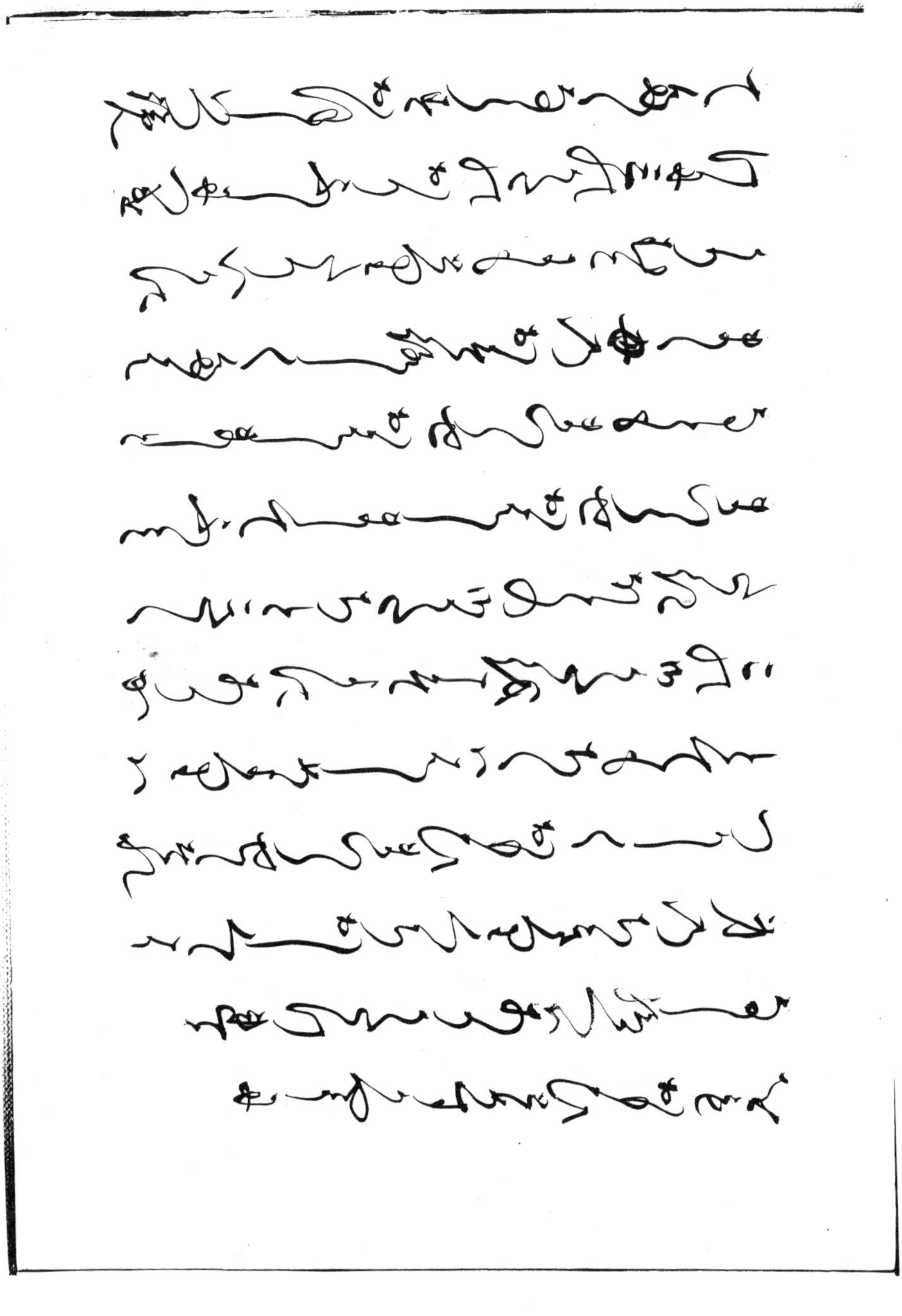

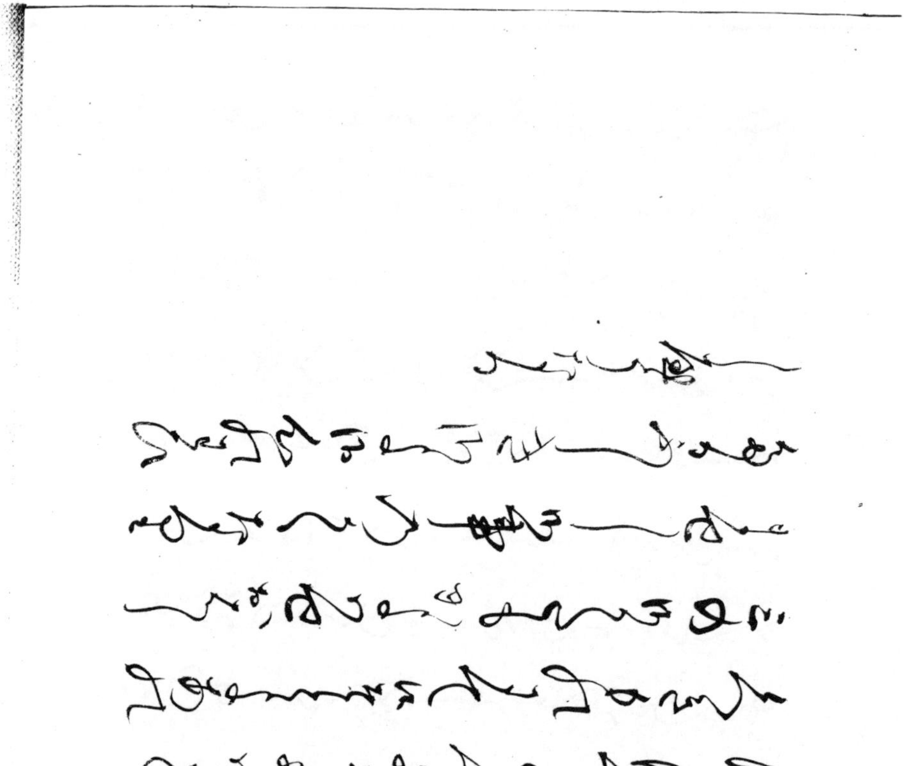

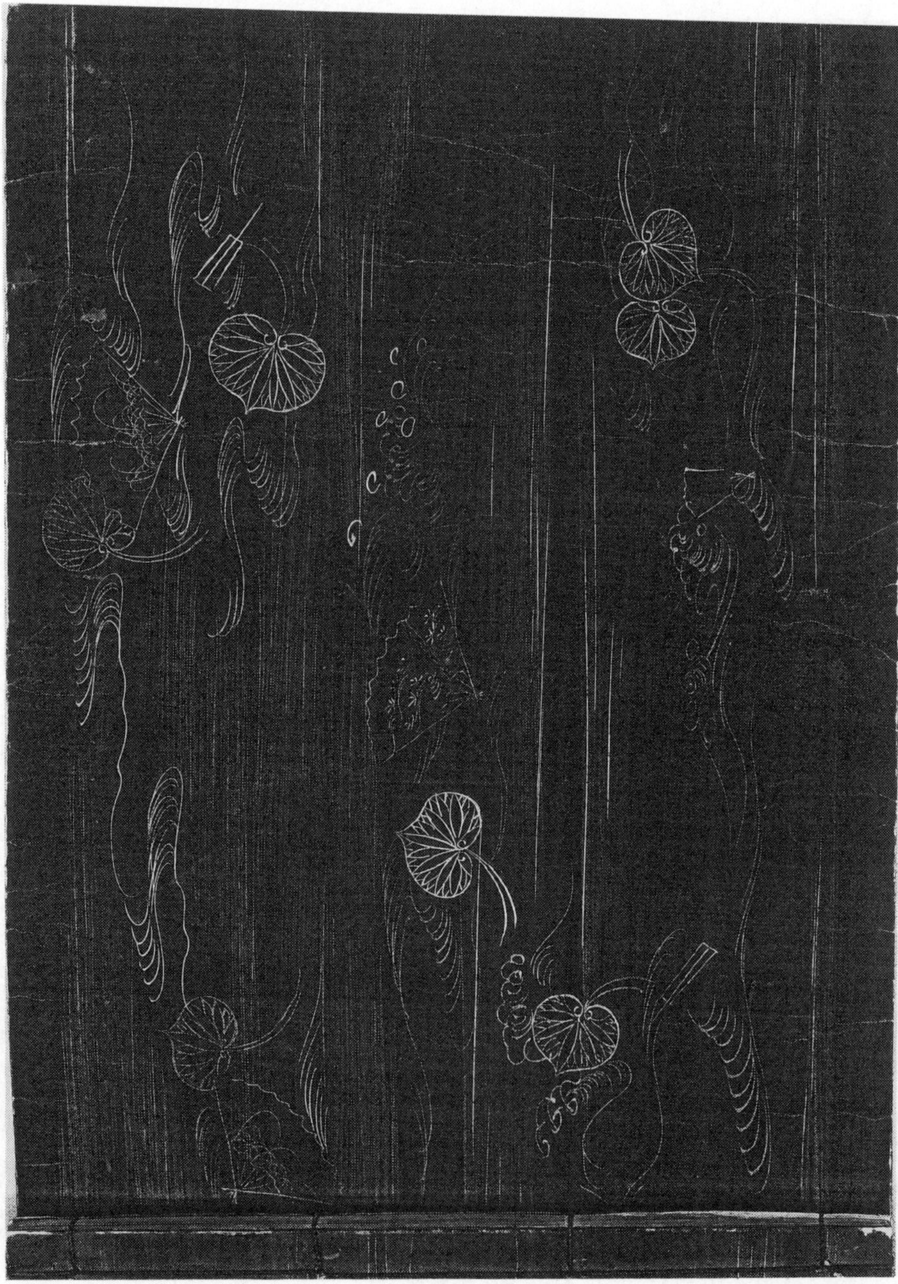

解題

『住吉物語』は、平安時代成立の継子物の物語である。現在、さまざまな伝本が残されているが、その全てが鎌倉時代初期に改作された系統であるといわれている。伝本の数は、物語としては『伊勢物語』『源氏物語』に次ぐほど多くあり、奈良絵本や絵巻にも多く仕立てられている。その本文を見る限りでは、室町物語の作品群と変わるものではなく、享受者は、室町物語と同じように鑑賞し、奈良絵本・絵巻に仕立てたのであろう。したがって、『住吉物語』は、現代では室町物語にも分類され、その本文の集成である『室町時代物語大成』全十五冊（一九七四—八八年、角川書店）にも伝本が採用されている。その内容は、以下の通りである。

昔、中納言に二人の妻がいた。宮腹の娘には姫君がいたが、七歳の時に母は死んでしまい、姫君はもう一人の妻と一緒に住むようになる。姫君は美しく成長し、四位の少将は手紙を送るが、うまくいかず、継母によって継母の娘と結婚させられてしまう。姫君は、継母の悪巧みに耐えられず、住吉に向かい住む。少将は姫君が忘れられず、長谷寺の示現を得て、住吉で姫君と契りを結ぶ。二人は都へ帰り、栄華をきわめる。

なお、『住吉物語』の奈良絵本・絵巻は、現存するだけでも相当数ある。おそらくは、江戸時代前期には最もよく親しまれ、最も多く奈良絵本・絵巻に仕立てられた作品であるといえよう。ちなみに、挿絵の欠落した奈良絵本で、本書と全く同じ筆跡を有する三冊の伝本が私の手元にある。挿絵の比較はできないが、本文を見る限りでは、同じ人物が、比較的近い頃に書写したと思われる伝本である。あるいは、同じ人物が同時に二つの奈良絵本を作成したのかもしれない。本書はそのような奈良絵本の制作環境を推測させる伝本なのである。
以下に、本書の書誌を簡単に記す。なお、本書は、下冊冒頭の本文が欠け、挿絵の位置も付け替えられたと思われる箇所が存在している。

所蔵、架蔵
形態、袋綴、奈良絵本、三冊
時代、［江戸前～中期］写
寸法、縦一六・五糎、横二四・〇糎
表紙、水色地金泥模様表紙
外題、題簽「住吉物語」
見返、銀紙
内題、ナシ
料紙、間似合紙
行数、半葉一三行
字高、約一二・四糎
丁数、墨付本文、上二八丁、中二三丁、下二一丁
挿絵、上五頁、中五頁、下六頁
奥書、ナシ

室町物語影印叢刊13

住吉物語

定価は表紙に表示しています。

平成十五年九月二十五日　初版一刷発行

編者　石川　透
発行者　吉田栄治
印刷所　エーヴィスシステムズ

発行所　㈱三弥井書店
東京都港区三田三－二－三十九
振替　〇〇一九〇－八－二一一二五
電話　〇三－三四五二－八〇六九
FAX　〇三－三四五六－〇三四六

ISBN4-8382-7042-9 C3019